CB061108

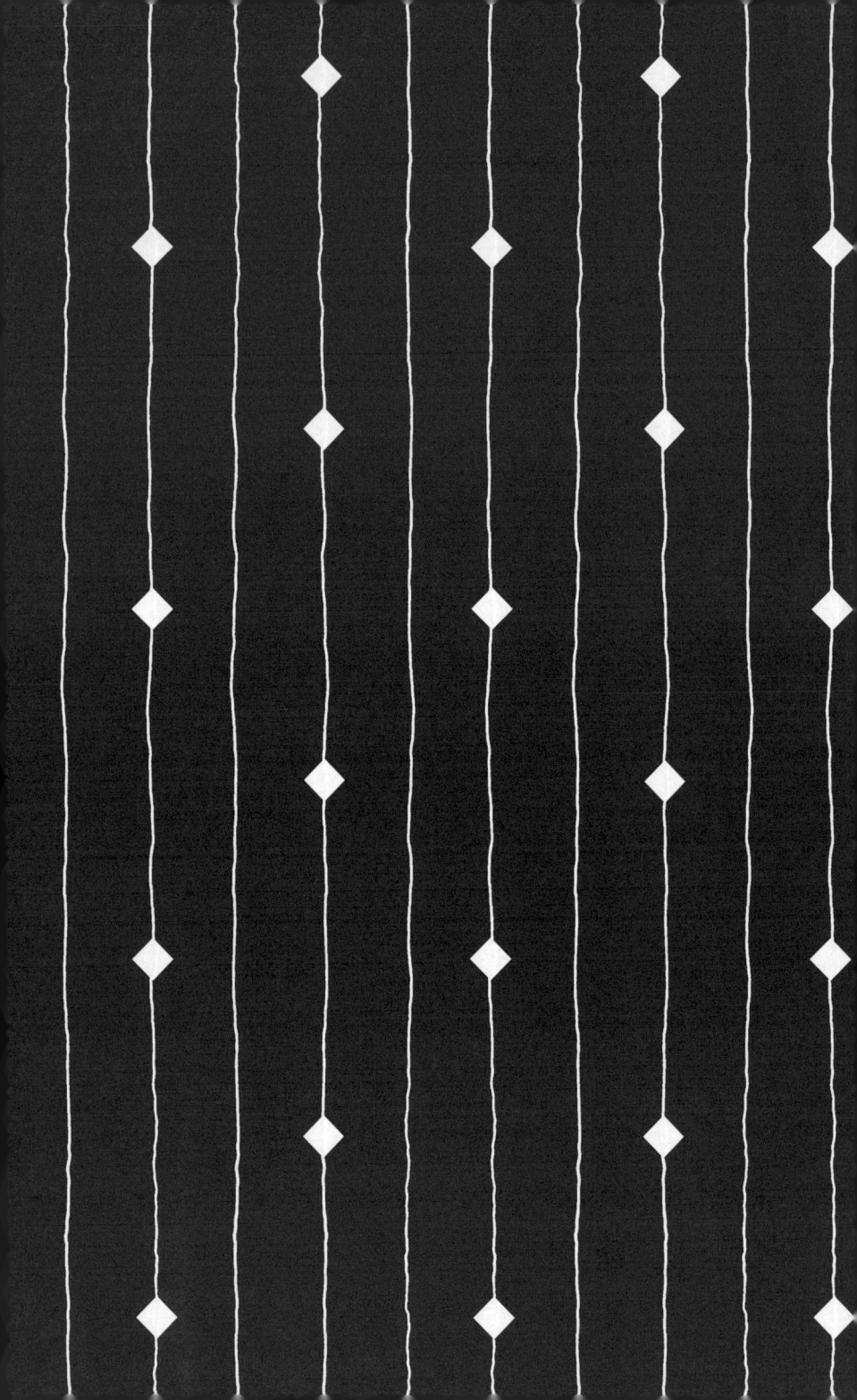

CONTOS DE TERROR

TOMO II

A última visão que tive foi a de uma massa branca indistinta se movendo, como se todas as tumbas ao meu redor tivessem colocado para fora os fantasmas amortalhados dos seus mortos, e eles estivessem aproximando-se de mim em meio à nebulosidade branca da forte tempestade de granizo.

CONTOS DE TERROR
TOMO II

Tradução e notas:
Bárbara Guimarães

MARTIN CLARET

SUMÁRIO

11 Introdução

CONTOS DE TERROR
Tomo II

25 A coisa maldita

41 A história da velha babá

77 A mão parda

103 O convidado de Drácula

125 O manuscrito de um louco

141 O quarto das tapeçarias

INTRODUÇÃO

CONTOS DE TERROR:
ORIGEM, SENTIMENTOS, FRUIÇÃO

LUCIANA DUENHA DIMITROV*

Dos sentimentos

Medo. Medo da coisa desconhecida. Medo do lobo gigantesco. Medo dos fantasmas materializados. Recorrente nos seis contos de terror aqui selecionados, o medo age como uma espécie de propulsor que nos leva a reviver as sensações de terror narradas nesses clássicos do século XIX.

Tema não exclusivo desses contos, o medo oriundo do terror é um dos alicerces sobre os quais se embasa a literatura que aqui se exemplifica. H. P. Lovecraft, autor americano reconhecido por seus contos de terror, explica que as histórias desse gênero "frequentemente

---

* Doutoranda em Letras na Universidade Presbiteriana Mackenzie, é professora do curso de Letras da mesma instituição. Seus estudos englobam literaturas de língua inglesa, especialmente textos literários escritos a partir do século XIX, incluindo suas vertentes mais contemporâneas.

enfatizam o elemento de horror porque o medo é nossa emoção mais profunda e forte, além de ser aquela que melhor se doa à criação de ilusões que desafiam a natureza" (1933). Ao sobrepor medo e ilusões, como sugere o contista americano, compreende-se a sobrevivência do gênero; as ilusões propostas nas histórias de terror alimentam o medo, que gera no leitor uma inexplicável sensação que, apesar de dificilmente definível, revela-se necessária e inesgotável.

É assim, envolto em sentimentos alheios à racionalidade, que os contos de terror (ou horror, os termos são considerados sinônimos inclusive quando empregados na vertente literária) têm exposto questões que desconfortam, intrigam, confundem, e, por que não, aterrorizam leitores em todo o mundo ao longo dos dois últimos séculos. Mas, você sabe como e quando esse tema se popularizou?

Das origens

Victor Hugo escreveu que "viajar é nascer e morrer a todo instante" e, de certa maneira, Mary Shelley, em uma viagem a Genebra, fez nascer possibilidades literárias que até então jaziam "mortas". Na primavera de 1816, a jovem Mary Shelley, acompanhada do marido e do filho, começou a escrever um conto que se tornaria um dos romances mais emblemáticos da história da literatura. Dois anos mais tarde, *Frankenstein, ou o moderno Prometeu* foi publicado anonimamente, tendo sua autoria assumida pela escritora anos mais tarde, em 1831.

O fato é que foi após a publicação da obra-prima de Shelley que se consolidou a possibilidade de trazer às páginas da literatura temas outrora marginais. Adendo aqui: a presença de fantasmas e de outras criaturas sobrenaturais existe desde os primórdios da literatura. Exemplos dessas criaturas sobrenaturais são encontrados em inúmeros títulos consagrados, como no clássico grego *Odisseia*, de Homero.

Também marginal — e muito menos recorrente até então — é o tratamento que Shelley dedica à evolução científica. Para que se entenda: o romance de Shelley traz à tona a questão da ciência como jamais se registrara antes (vale lembrar que o Monstro sem nome é construído com partes de cadáveres e chega ao mundo dos vivos graças à descarga elétrica de um raio). Sendo um dos fios condutores que tecem a trama, a ciência que a autora inglesa expõe é atestada graças à relevância histórica, social e literária que a obra conquista.

Vertentes temáticas explicadas, ressalta-se que o aclamado romance de Mary Shelley inspiraria (e ainda inspira) muitos autores especialmente graças à popularização dos dados temas. *Frankenstein* possibilitou, assim, que muitos autores (especialmente aqueles que, à época, viviam envoltos no ambiente literário inglês) se aventurassem em águas de profundeza inimaginável algumas décadas antes. Uma vez rompida a barreira entre o natural e o (sobre)natural, as possibilidades de criações literárias tornam-se infinitas...

Dos sobrenaturais

Pois bem, tudo compreendido: Mary Shelley não fala de fantasmas, fala de ciência, de monstro (sim, leitor, você está certo!). Então, como mesmo se liga a inglesa aos fantasmas? Resposta simples: através do medo! O desconhecido, o estranho, o inexplicável e o assustador advindos do romance de Shelley abrem portas para que o desconhecido, estranho, inexplicável e assustador adentrem a literatura via portões principais. Inquestionável é o fato de que, citando a estudiosa Dorothy Scarborough, "a ficção lidando com a vida imortal revela, mais do que qualquer outro aspecto do tema, uma humanidade faminta pelo sobrenatural" (1917, p. 174).

Nos seis contos aqui selecionados (todos escritos no século XIX, pós *Frankenstein, ou o moderno Prometeu*) o sobrenatural se torna a essência de cada uma das tramas. Nelas, os personagens são apresentados já envoltos no evento sobrenatural que intentam (algumas vezes em vão) desvendar. Leitor, não se frustre: a logicidade que costumeiramente se busca quando da leitura de uma história em que há um *mistério* (uso o termo como um sinônimo de enigma, sem pretensões de ampliar definições em sua complexidade) a ser compreendido nem sempre será encontrada nesta coletânea.

E encontrar-se-á, sim, aquilo que Tzvetan Todorov explica ser "a vacilação experimentada por um ser que não conhece mais que as leis naturais, frente a um acontecimento aparentemente sobrenatural" (TODOROV, 1975, p. 16). Natural e sobrenatural ora se complementam, ora se repelem, ora se sobrepõem, logo a vacilação se torna quase um elemento condutor (em diferentes proporções) dos contos escolhidos.

O engraçado é que, como leitor, você também acaba ocupando o papel daquele que "não conhece mais as leis naturais", pois, à medida que lê cada um dos contos, busca, na companhia dos personagens, entender com plenitude aquele desconhecido. Por isso, você, leitor desses textos, jamais se sentirá entediado ou desmotivado; muito pelo contrário, a eles sempre caberá uma indagação sobre o que são, de fato, as leis naturais...

Das estranhezas

Mesmo ambientados em espaços semelhantes (castelos, florestas, vilarejos rurais), a irracionalidade oriunda do desenvolvimento temático dos contos desta seleção não permite que o leitor enxergue com clareza as leis naturais nas quais são conduzidos. O motivo é simples: não há manutenção das leis naturais em nenhum deles! É divertido pensar que o mote dos contos não fere a naturalidade; tampouco a apresentação inicial de seus personagens o faz. Nestes contos, é o desenrolar dos fatos narrados que perturba a nitidez da narrativa e acaba por causar o estranhamento no leitor.

Parênteses para o termo "estranhamento", haja vista ser impossível citar o estranhamento do leitor de contos de terror sem associá-lo ao ensaio *O estranho*, de Sigmund Freud. Dentre as muitas considerações que o psicanalista propõe acerca do tema, chama atenção sua definição de estranho: "o estranho é aquela categoria do assustador que remete ao que é conhecido, de velho, e há muito familiar" (FREUD, 1980, p. 277). Em suma: o conhecido, quando perde a naturalidade, vira o tal estranho.

Nos contos desta seleção, o estranho sempre surge quando do rompimento de um fato (ou de uma verdade) que se supunha estático em sua condição de consumado. Toda vez que um fato que se julga consumado deixa o patamar que lhe foi designado, o estranho eclode. Imagine a materialização de uma figura que sempre (dentro do tempo narrativo, obviamente) habitou um quadro; imagine, agora, essa figura (materializada ou em espectro) perseguindo um personagem que habita a narrativa. Estranha a mudança de paradigma: quadro transformado em personagem "vivo".

É esse tipo de sensação que se associa ao estranhamento. Sua amplitude, entretanto, varia de acordo com a relação que cada leitor tem estabelecida com o gênero, podendo consolidar-se (ou dissipar-se) à medida que o leitor conhecer a angústia dos personagens que habitam cada um dos seis contos...

Dos contos

Os seis contos selecionados foram originalmente escritos em inglês, mas não só por autores ingleses. Ambrose Bierce, Elizabeth Gaskell, Arthur Conan Doyle, Bram Stoker, Charles Dickens e Walter Scott são aqueles que ousaram expor sua imaginação mais obscura em uma época em que o sobrenatural deixou as profundezas da exclusão para ganhar *status* de fio condutor em obras literárias.

Não, os autores desta coletânea não eram exclusivamente ingleses (apesar de o inglês ser a língua de todos eles). Ingleses de verdade eram Elizabeth Gaskell (a única representante feminina do grupo) e Charles Dickens (o famoso autor de *Oliver Twist)*. Bram Stoker (o pai do Drácula) era irlandês. Arthur Conan Doyle (que, além de ter criado Sherlock Holmes, ganhou o título de *Sir*) e Walter Scott (também um *Sir*) eram escoceses. Ambrose Bierce (crítico, poeta, jornalista) era americano. Nacionalidades esclarecidas, vamos às histórias.

"A coisa maldita", do americano Ambrose Bierce, foi escrita em 1894 e inaugura a coletânea. Estruturado em quatro partes, o enredo está envolto no julgamento de um crime. O leitor notará que, dentre as provas consideradas, aquela "vinda da tumba" não apenas sobrenaturaliza o conto, mas também consolida o veredito...

Em "A história da velha babá" (1852), quase se ouve a voz da babá-narradora. O modo como Elizabeth

Gaskell conduz o leitor em seu conto quase reproduz as passagens secretas pelas quais os personagens se esquivam até que a sina de cada um deles seja revelada. Atenção ao modo como a narradora trama o enredo que não protagoniza, apenas testemunha. Narração, estrutura e tema, neste conto, são de extrema relevância também para a construção do estranho.

O terceiro conto é do "homem das ciências" Arthur Conan Doyle. "A mão parda" (1899) retrata a história de um médico indiano que testemunha o desmembramento de sua vida, graças ao advento da ciência. Conciso na linguagem, a forma como Doyle expõe o sobrenatural é tão límpida que este quase se torna natural no conto em questão.

O quarto conto da coletânea foi publicado postumamente em 1914, porém escrito em meados de 1897. "O convidado de Drácula" foi um trecho excluído do romance *Drácula*, de Bram Stoker (1897). Na realidade, a ampla extensão do romance justificou a exclusão de alguns de seus trechos que, escritos com tamanho primor, foram transformados em contos. A leitura deste conto de Stoker remete àqueles que se deliciaram com as peripécias do vampiro mais renomado da literatura a encontrar interessantes pontos de convergência com o romance. Sendo um desconhecedor da obra-prima do irlandês, o terror retratado no conto será evidenciado (talvez até com mais intensidade), assim como a presença do sobrenatural.

O quinto conto escolhido aqui requer uma explicação prévia. "O manuscrito de um louco", de Charles

Dickens (1836), é, na verdade, um capítulo do livro *As aventuras do Sr. Pickwick*, publicado no mesmo ano. Ao acessar o manuscrito do tal louco, o Sr. Pickwick, de fato, acessa uma sequência quase ilógica de memórias do personagem que (sobre)vive ao sobrenatural. Na apresentação do conteúdo do dado manuscrito, tange-se um intimismo que não onera os traços de terror que são pincelados na narrativa.

Encerra-se a coletânea com "O quarto das tapeçarias" (1828), de Walter Scott. Neste conto, o protagonista decide usufruir a hospitalidade no castelo de Woodville, onde busca reconfortar-se após um longo período nos campos de batalha. Revela-se, entretanto, não um momento de descanso, mas o contato com questões que ultrapassam os limites da racionalidade.

Das leituras

O que se anseia quando da leitura de contos de terror? O medo, o sobrenatural, muitas emoções que viviam veladas reveladas... Ao se tornar um leitor desse gênero, não se deve esperar por respostas, mas conviver com indagações.

Lembre-se que esse gênero (assim como os demais) não traz uma fórmula inquestionável. É claro que você encontrará traços de familiaridade entre os seis contos (já sabemos, contemporâneos entre si, escritos em uma mesma língua, entre outros tantos), mas não se atenha a esses traços para tentar chegar a todas as respostas que almeja. Essas respostas não existem!

A fruição — essencial à literatura e à sua compreensão — deve ampliar-se ainda mais quando são dedicados momentos à leitura de contos de terror. Por isso, leitor, ambiente-se no irracional, alicerce-se no sobrenatural, acredite no inacreditável e deixe fruir o terror...

REFERÊNCIAS BIBLIOGRÁFICAS

CADWALLADER, Jen. *Spirits of the age: ghost stories and the Victorian psyche*. Chapel Hill: University of North Carolina at Chapel Hill, 2009.

CUDDON, J. A. *Dictionary of literary terms & literary theory*. Londres: Penguin Reference, 1999.

FREUD, Sigmund. "O estranho". *Obras psicológicas completas de Sigmund Freud*, edição standard, vol. 17. Rio de Janeiro: Imago, 1980.

LOVECRAFT, Howard Phillips. "Notes on Writing Weird Fiction". *Collected Essays, vol. 2: Literary Criticism*. Nova York: Hippocampus Press. 1933. Disponível em: http://www.hplovecraft.com/writings/texts/essays/nwwf.aspx.

SCARBOROUGH, Dorothy. *The Supernatural in Modern English Fiction*. Nova York: Octagon Books, 1917. Disponível em: https://archive.org/details/supernaturalinm00scargoog.

TODOROV, Tzvetan. *Introdução à literatura fantástica*. São Paulo: Perspectiva, 1975.

CONTOS DE TERROR
TOMO II

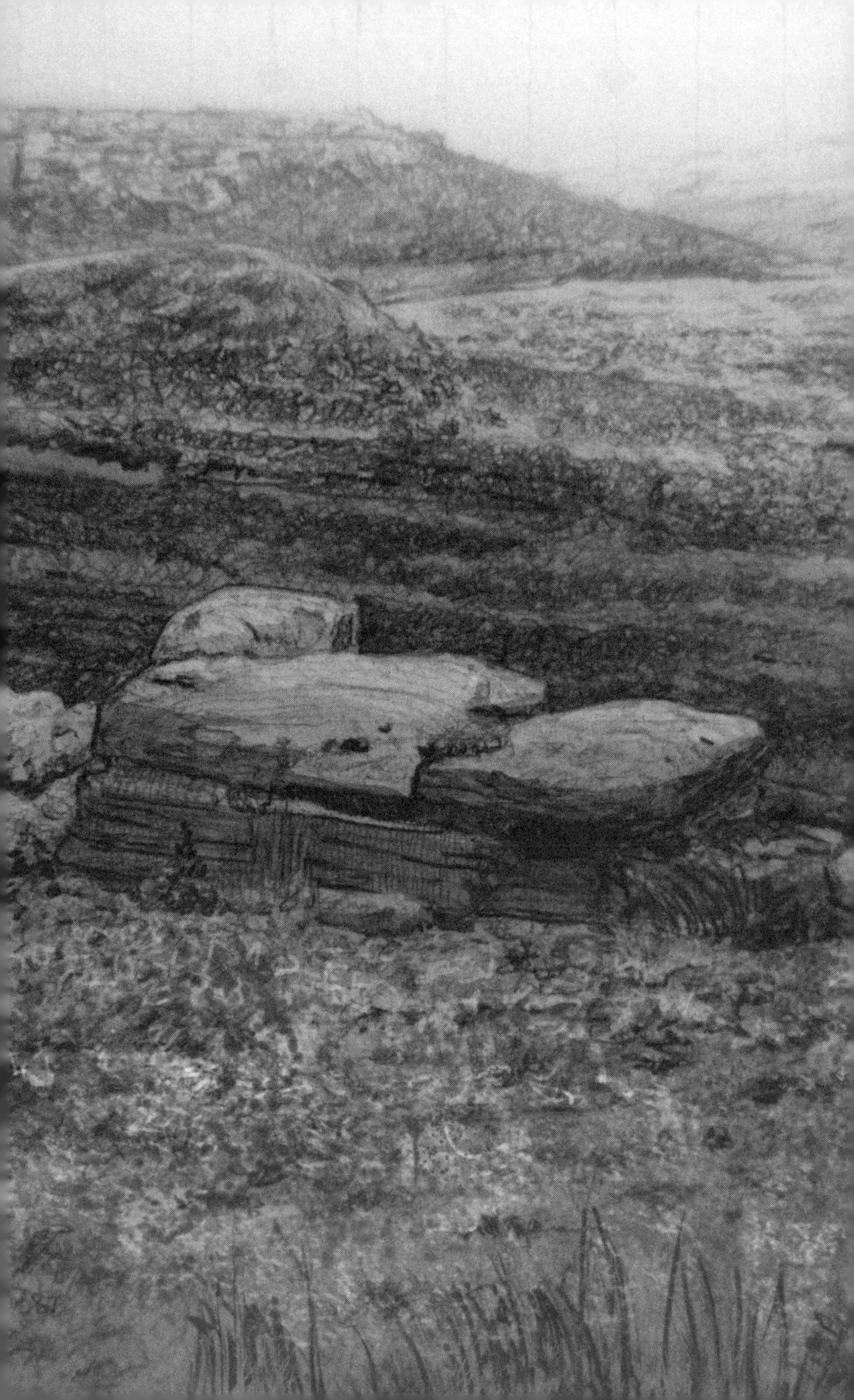

A COISA MALDITA

AMBROSE BIERCE

I. Nem sempre se come o que está sobre a mesa

À luz da vela de sebo colocada em uma das pontas de uma mesa rústica, um homem lia algo em um livrinho. Era um livro contábil antigo, bastante gasto; aparentemente a escrita não estava muito legível, pois de vez em quando o homem segurava a página perto da chama da vela para lançar uma luz mais forte sobre ela. Nesses momentos a sombra do livro deixava metade do ambiente nas trevas, escurecendo vários rostos e vultos — além desse homem, oito outros estavam ali presentes. Sete deles sentados com as costas apoiadas nas paredes de madeira bruta, silenciosos e imóveis, e, como a sala era pequena, não muito distantes da mesa. Se algum deles estendesse a mão conseguiria tocar o oitavo homem, deitado sobre a mesa de barriga para cima, parcialmente coberto por um lençol, os braços encostados nas laterais do corpo. Morto.

O homem com o livro não lia em voz alta, e ninguém falava nada; todos pareciam estar esperando que algo acontecesse. O morto era o único a não ter expectativas. Da total escuridão do lado de fora, passando pela abertura que servia como janela, vinham todos os ruídos estranhos da noite na mata — o uivo longo e obscuro de um coiote distante; o baixo e pulsante zumbido de incansáveis insetos nas árvores; os estranhos piados das aves noturnas, tão diferentes do canto das diurnas; o ronco de grandes besouros desajeitados e todo aquele coro misterioso de sons baixos, que parece estar sempre presente mas só é percebido, em parte, quando cessa de súbito, como se tomasse consciência de estar cometendo alguma indiscrição. Mas o grupo não dava atenção a nada disso; aqueles homens não eram muito afeitos a manifestar interesse por questões sem importância prática. Isso era evidente em cada linha dos rostos enrugados — evidente mesmo à sombria luz da única vela. Eles eram obviamente homens da redondeza, agricultores e lenhadores.

A pessoa que estava lendo era um pouco diferente; quem o visse poderia dizer que era um cidadão do mundo, embora houvesse algo nas suas vestes que atestava uma certa cumplicidade com o grupo a seu redor. O casaco seria praticamente inaceitável em São Francisco; os sapatos não vinham da cidade e o chapéu, que estava no chão perto dele (era o único de cabeça descoberta), perderia o significado se considerado apenas como artigo de adorno pessoal. Suas feições eram bem mais atraentes, com um leve traço de severidade — que ele poderia ter assumido ou cultivado, como é próprio de uma autoridade. Isso porque ele era um magistrado, encarregado de investigar crimes. Era devido a esse trabalho que ele estava de posse daquele livro, que havia sido encontrado entre os pertences do homem morto — na sua cabana, onde agora tinha lugar a investigação.

O magistrado terminou de ler e colocou o livro no bolso superior do casaco. Nesse momento a porta foi aberta de supetão e um jovem entrou. Claramente não era nascido e criado na montanha; vestia-se como os que residem em cidades. Entretanto, as suas roupas estavam empoeiradas, como se tivesse viajado. Ele havia, de fato, cavalgado arduamente para auxiliar na investigação.

O magistrado cumprimentou-o com um movimento de cabeça; ninguém mais o saudou.

— Estávamos esperando por você — disse o investigador. — Precisamos resolver o assunto esta noite.

O jovem sorriu.

— Sinto ter atrasado as coisas — falou. — Eu precisei partir, não fugindo da sua solicitação, mas para enviar ao meu jornal um testemunho sobre aquilo que suponho ter sido chamado de volta para relatar.

O magistrado sorriu.

— O testemunho que você enviou para o seu jornal — disse — provavelmente difere do que você dará aqui sob juramento.

— Isso — respondeu o outro, bem mais ríspido e com um rubor visível — é o senhor quem diz. Eu usei papel com cópia, então tenho o material que enviei. Não foi escrito como notícia e sim como ficção, pois não é algo crível. A cópia pode ficar como parte do meu testemunho sob juramento.

— Mas você diz que não é crível.

— Isso não será problema, *sir*, se eu também jurar que é verdade.

O magistrado aparentemente não havia sido muito afetado pela evidente indignação do jovem. Ficou em silêncio por alguns instantes, olhando para o chão. Os homens, que estavam ali a pretexto de jurados, conversavam em sussurros, mas quase não afastavam o olhar do rosto do cadáver. Então o magistrado ergueu os olhos e falou:

— Vamos retomar a investigação.

Os homens retiraram o chapéu. A testemunha prestou juramento.

— Qual é o seu nome? — perguntou o magistrado.

— William Harker.

— Idade?

— Vinte e sete.

— Você conhecia o falecido, Hugh Morgan?

— Sim.

— Estava com ele quando morreu?

— Perto dele.

— O que ocorreu, quero dizer, presenciou tudo?

— Eu estava de visita na casa dele, para caçar e pescar. Entretanto, parte do meu propósito era estudá-lo, estudar sua forma singular e solitária de viver. Ele

parecia ser um bom modelo para um personagem de ficção. Algumas vezes escrevo histórias.
— Algumas vezes as leio.
— Obrigado.
— Histórias de forma geral, não as suas.

Alguns dos jurados riram. O humor lança luzes fortes em quadros sombrios. Soldados riem facilmente nos intervalos de batalhas, e um gracejo na câmara da morte toma a todos de surpresa.

— Relate as circunstâncias da morte deste homem — disse o investigador. — Pode usar quaisquer anotações ou relatórios que desejar.

A testemunha compreendeu. Puxou um manuscrito do bolso superior do casaco, segurou-o perto da vela e virou as páginas até encontrar o trecho que estava buscando. Começou a ler.

II. O QUE PODE ACONTECER EM UM CAMPO DE AVEIA SELVAGEM

"[...] Quando deixamos a casa, o sol mal havia nascido. Estávamos procurando por codornas, cada um com uma carabina, mas tínhamos apenas um cachorro. Morgan disse que o melhor terreno ficava depois de um determinado cume que ele indicou, e nós o atravessamos por uma trilha que passava pelo chaparral.[1] Do outro lado, a área era mais plana,

---

[1] Tipo de vegetação formada por arbustos e cactos.

espessamente coberta por aveia selvagem. Quando emergimos do chaparral, Morgan estava apenas alguns metros à frente. Ouvimos então um barulho vindo de uma curta distância à frente e à direita, como se algum animal estivesse debatendo-se nos arbustos, que víamos ser agitados violentamente.

— Nós assustamos um cervo — disse eu. — Queria que tivéssemos trazido um rifle.

Morgan, que havia parado e observava atentamente o chaparral sendo agitado, não disse nada, mas havia armado os dois canos da sua carabina e a mantinha de prontidão. Achei que ele estava um tanto agitado, o que me surpreendeu, pois ele tinha uma reputação de frieza excepcional, mesmo em momentos de perigo súbito e eminente.

— Ora, essa! — disse eu. — Você não vai encher um cervo de munição para codornas, vai?

Ele não respondeu; mas quando se virou ligeiramente na minha direção vi o seu rosto de relance e fiquei chocado com a palidez. Então entendi que tínhamos um problema sério nas mãos, e a minha primeira conjectura foi que havíamos "assustado" um urso pardo. Adiantei-me, até ficar do lado de Morgan, preparando a arma enquanto me movia.

Os arbustos agora estavam parados e os sons haviam cessado, mas Morgan estava tão atento ao local como antes.

— O que é isso? Que diabo é isso? — perguntei.

— A Coisa Maldita! — respondeu ele, sem virar a cabeça. A sua voz soava áspera e estranha. Ele tremia visivelmente.

Eu ia voltar a falar, mas então percebi que a aveia selvagem perto dos arbustos se movia de uma forma completamente inexplicável, que quase não consigo descrever. Parecia estar sendo agitada por uma rajada de vento, que não apenas a curvava, mas também a pressionava para baixo — esmagava-a de tal maneira que não permitia que voltasse à posição normal —, e esse movimento estava vindo lentamente na nossa direção.

Nada que eu já tenha visto me afetou tanto como aquele fenômeno incomum e inexplicável, mas não tenho lembrança de nenhuma sensação de medo. Eu me recordo — e conto isso aqui porque, por estranho que possa parecer, me veio à cabeça naquela hora — que uma vez, ao olhar descuidadamente por uma janela aberta, por um momento achei que uma arvorezinha bem próxima fazia parte de um grupo de árvores maiores, um pouco mais distantes. Ela parecia do mesmo tamanho que as outras, mas, por estar definida de um modo mais nítido, em sua magnitude e nos detalhes, parecia não harmonizar com as outras. Era uma simples deturpação da lei de perspectiva aérea, mas me amedrontou, quase aterrorizou. Confiamos tanto na regularidade das leis naturais que nos são familiares, que qualquer aparente suspensão delas é vista como uma ameaça à nossa segurança, o alerta de uma calamidade inimaginável. Naquele momento, a movimentação sem motivo aparente dos arbustos e a lenta e constante aproximação daquele curso perturbador eram decididamente inquietantes. O meu companheiro parecia bastante assustado, e eu mal pude confiar nos meus sentidos quando o vi de repente apoiar a carabina no ombro e disparar tiros dos dois canos nas plantas em movimento! Antes que a fumaça da descarga se dissipasse, ouvi um grito alto e enfurecido — um uivo como o de um animal selvagem — e, jogando a arma no chão, Morgan saltou e saiu em corrida desabalada. No mesmo instante eu fui jogado ao chão violentamente pelo impacto de algo que não consegui distinguir na fumaça — algo macio, pesado, que parecia lançar-se contra mim com muita força.

Antes que eu conseguisse levantar-me e recuperar a minha arma, que parecia ter sido arrancada das minhas mãos, ouvi Morgan gritando como se estivesse em agonia mortal, e misturados aos seus gritos surgiam sons roucos e selvagens, como os de uma briga de cães. Completamente aterrorizado, lutei para me erguer e olhei na direção para a qual Morgan fugira; Deus me livre de outra visão como aquela! O meu amigo estava a uma distância de menos de trinta metros, caído sobre um dos joelhos, a cabeça jogada para trás em um ângulo espantoso, sem chapéu, o cabelo longo em desalinho e o corpo inteiro se movimentando violentamente de um lado para o outro, para a frente e para trás. O seu braço direito estava levantado e parecia estar sem a mão — pelo menos não consegui vê-la. O outro braço não era visível. Quando a minha memória se volta agora para essa cena extraordinária, percebo que em alguns momentos eu só conseguia ver uma parte do seu corpo... como se ele tivesse sido parcialmente encoberto por algo — não posso dizer de outra forma —, e em seguida uma mudança de posição o trazia inteiro à vista novamente. Tudo isso deve ter acontecido em um intervalo de poucos segundos, mas nesse tempo Morgan assumiu todas as posturas de um lutador determinado derrotado por um peso e por uma força superiores. Eu enxergava apenas ele, e nem sempre com clareza. Durante todo o incidente era possível ouvir, como um alvoroço sufocado, os seus gritos e pragas, sons de ira e fúria como eu nunca tinha ouvido, seja vindos da garganta de um homem ou de uma fera!

Por um momento fiquei sem saber o que fazer e, depois, jogando a carabina ao chão, corri para ajudar o meu amigo. Tinha a confusa impressão de que ele estava sofrendo um ataque ou algum tipo de convulsão. Quando consegui aproximar-me, ele jazia deitado e imóvel. Todos os sons tinham parado, mas, com uma sensação de terror que nem mesmo esses acontecimentos horríveis me haviam inspirado, voltei a ver nesse instante o misterioso movimento da aveia selvagem, estendendo-se da área pisoteada em torno do homem prostrado até a entrada de uma floresta. Só quando ele alcançou a floresta eu fui capaz de desviar o olhar para o meu companheiro. Ele estava morto."

III. Um homem, mesmo despido, pode estar em farrapos

O magistrado se levantou do seu assento e ficou ao lado do homem morto. Ergueu o lençol por uma ponta e o retirou, expondo o corpo inteiro, completamente despido e exibindo, à luz da vela, um amarelo terroso. Tinha, entretanto, enormes manchas preto-azuladas, obviamente causadas pelo sangue pisado das contusões. O peito e as laterais do corpo pareciam ter sofrido golpes de porrete. Havia lacerações horríveis; a pele estava rasgada em tiras e pedaços.

O magistrado foi até a ponta da mesa e desamarrou um lenço de seda que havia sido passado por baixo do queixo do morto e amarrado no alto da cabeça. Quando o pano foi retirado, expôs o que havia sido uma garganta. Alguns dos jurados que se haviam levantado para ver melhor se arrependeram da curiosidade e viraram o rosto. A testemunha foi até a janela aberta e se inclinou para fora, sobre o peitoril, pálida e nauseada. Pousando o lenço sobre o pescoço do morto, o investigador andou até um canto do aposento e levantou peça após peça de uma pilha de roupas, inspecionando cada uma por alguns momentos. Todas estavam rasgadas e endurecidas pelo sangue. Os jurados não fizeram uma inspeção mais aprofundada. Pareciam um tanto desinteressados. Na verdade, já haviam visto tudo aquilo antes; a única novidade para eles era o testemunho de Harker.

— Cavalheiros — disse o magistrado —, acho que não temos mais evidências. O seu dever já lhes foi explicado, então, se não há nada que desejem perguntar, podem ir lá para fora e refletir sobre o veredito.

O primeiro jurado se levantou — um homem de sessenta anos, alto, barbado, vestido de modo rústico.

— Eu gostaria de fazer uma pergunta, senhor magistrado — disse ele. — De que manicômio essa última testemunha escapou?

— Senhor Harker — falou o magistrado, de maneira séria e tranquila —, de que manicômio você escapou, afinal?

Harker ficou vermelho como carmim novamente, mas não disse nada, e os sete jurados se levantaram e saíram enfileirados da cabana, solenes.

— Se o senhor já terminou de me insultar — disse Harker, assim que ele e o magistrado foram deixados sozinhos com o morto —, posso supor que estou liberado para ir embora?

— Sim.

Harker se preparou para sair, mas parou com a mão no trinco da porta. O hábito da profissão era forte nele; mais forte que o seu sentido de dignidade pessoal. Virou-se e falou:

— Estou reconhecendo o livro que está ali; é o diário de Morgan. O senhor parecia muito interessado nele, pois o leu enquanto eu prestava o meu testemunho. Posso vê-lo? O público gostaria...

— O livro não terá papel algum neste assunto — respondeu o magistrado, guardando-o no bolso do casaco. — Todas as anotações que estão nele foram escritas antes da morte do autor.

Quando Harker estava saindo da casa, os jurados voltaram e ficaram de pé em torno da mesa na qual o cadáver — agora coberto — podia ser percebido com total definição sob o lençol. O primeiro jurado se sentou perto da vela, retirou um lápis e um pedaço de papel do bolso do peito do casaco e escreveu com certa dificuldade o seguinte veredito, que todos assinaram (com diferentes graus de esforço):

"Nós, o júri, declaramos que a vítima encontrou a morte por obra de um leão de montanha, mas alguns de nós acham que ele sofreu um colapso".

IV. Uma explicação vinda da tumba

No diário do falecido Hugh Morgan há algumas anotações interessantes, apontando indícios que talvez possam ser de valor científico. O livro não foi usado como evidência na investigação sobre sua morte; provavelmente o magistrado pensou que não valia a pena confundir o júri. Não é possível determinar a data da primeira das anotações mencionadas; a parte superior da folha foi arrancada. O restante do escrito é o que segue:

"[…] corria em semicírculo, mantendo a cabeça sempre voltada para o centro, e depois ficava parado, latindo furiosamente. No final disparou na direção dos arbustos, tão rápido quanto pôde. No começo achei que ele havia enlouquecido, mas quando voltamos para casa não percebi nenhuma outra alteração no seu comportamento, além do óbvio medo de ser punido".

"Um cachorro consegue enxergar com o faro? Os odores imprimem em algum centro olfativo a imagem do ser que os emite? [...]"

"2 de set. Na noite passada, olhando para as estrelas que iam erguendo-se acima do cume da serra ao leste da casa, observei-as desaparecerem sucessivamente — da esquerda para a direita. Eram eclipsadas por poucos instantes, e apenas algumas de cada vez, mas, olhando a serra de ponta a ponta, percebi que todas as que estavam um ou dois graus acima do cume foram eclipsadas. Era como se alguma coisa que eu não conseguia ver tivesse passado na frente e as estrelas não fossem grandes o bastante para definir seu contorno. Pfff! Não gosto disso..."

As anotações de várias semanas estavam faltando; três folhas haviam sido arrancadas do livro.

"27 de set. A coisa esteve por aqui de novo — encontro evidências da sua presença todos os dias. Fiquei de vigília novamente a noite passada, no mesmo abrigo, arma na mão, os dois canos carregados com chumbo grosso. De manhã, as pegadas frescas estavam lá mais uma vez. No entanto, eu poderia jurar que não dormi — na verdade, quase não tenho dormido. É terrível, insuportável! Se essas experiências espantosas são reais, vou acabar ficando louco; se são fantasiosas, já estou louco."

"3 de out. Não vou embora, isso não vai fazer-me partir. Não, esta é a *minha* casa, a minha terra. Deus odeia os covardes..."

"5 de out. Não suporto mais; convidei Harker para passar algumas semanas comigo. Ele tem uma cabeça equilibrada. Pela sua conduta poderei saber se acha que estou louco."

"7 de out. Já desvendei o enigma; dei-me conta na noite passada, de repente, como em uma revelação. Que simples — terrivelmente simples!

"Há sons que nós não conseguimos ouvir. Nas duas extremidades da escala há notas que não atingem nenhuma corda desse instrumento imperfeito que é o ouvido humano. São agudas ou graves demais. Uma vez observei um bando de melros ocupando por completo copas de árvores — várias árvores juntas —, e cantando em conjunto. De repente, e no mesmíssimo instante, todos se jogaram ao ar e voaram para longe. Como? Eles não podiam ver uns aos outros — as copas das árvores atrapalhavam. Não havia nenhum ponto de onde um líder pudesse ser visível para todos. Deve ter havido um sinal de alerta ou de comando, alto e agudo, acima da algazarra, mas inaudível para mim. Observei, também, o mesmo voo simultâneo quando todos estavam em silêncio, e isso não apenas no caso de melros, mas também de outras aves — codornas, por exemplo, bastante separadas por arbustos —, e até quando estavam em lados opostos de uma colina.

"Os marinheiros sabem que um grupo de baleias se aquecendo ao sol ou se divertindo na superfície do oceano, quilômetros distantes umas das outras e com a convexidade da Terra entre elas, às vezes mergulham no mesmo instante — todas somem da vista deles em segundos. O sinal foi emitido; muito grave para o ouvido do marinheiro no topo do mastro e para os seus companheiros no convés — que, entretanto, sentem as vibrações no navio da mesma forma como as pedras de uma catedral vibram com as notas graves do órgão.

"O que se dá com os sons também acontece com as cores. Um estudioso pode detectar em cada extremidade do espectro solar a presença daquilo que é conhecido como raios actínicos. Eles representam cores — cores básicas na composição da luz — que somos incapazes de perceber. O olho humano é um instrumento imperfeito; o seu alcance é de apenas algumas oitavas da escala cromática real. Não estou louco; há cores que não conseguimos ver.

"Que Deus me ajude, pois a Coisa Maldita é dessa cor!"

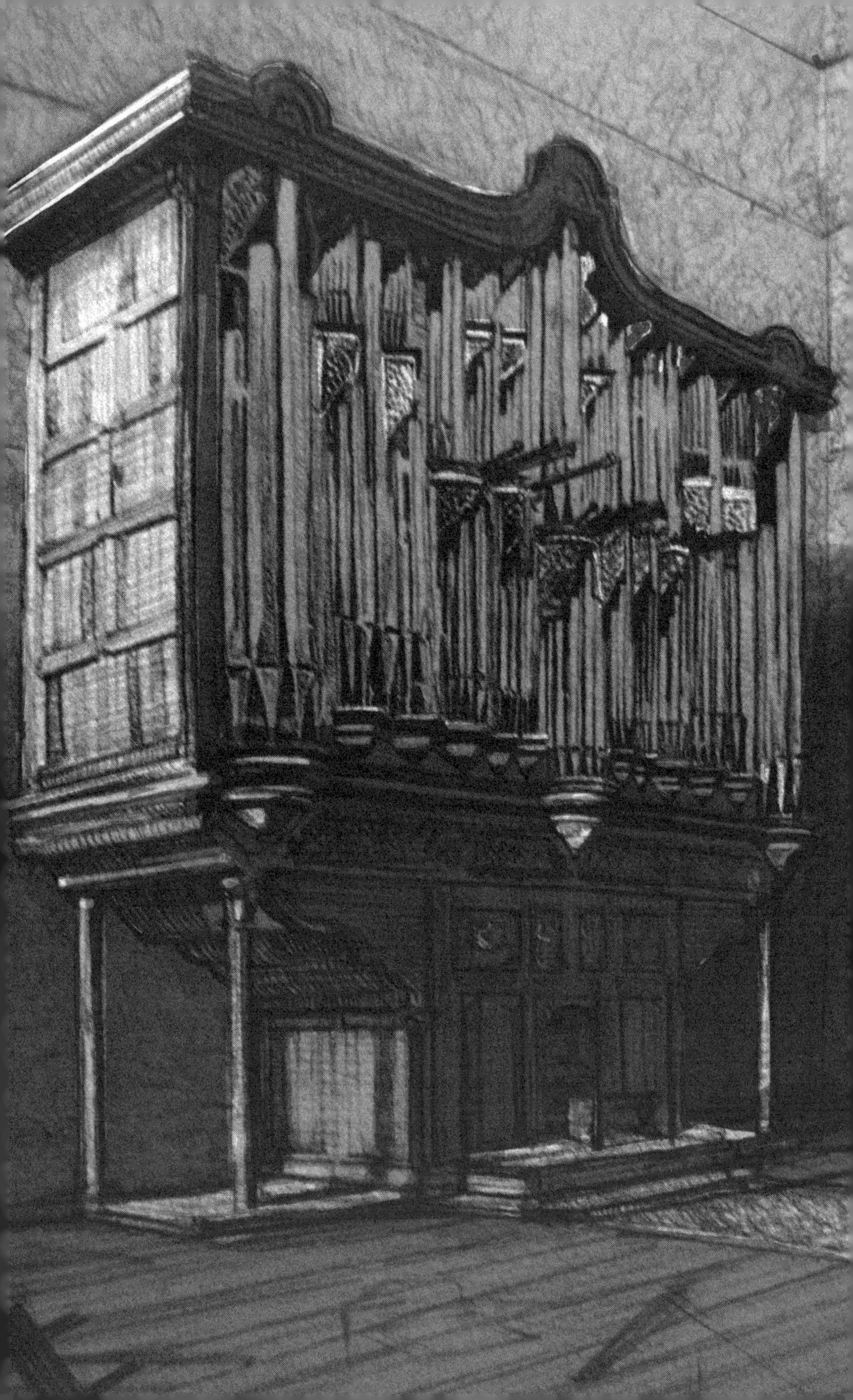

A HISTÓRIA DA VELHA BABÁ

ELIZABETH GASKELL

Vocês sabem, meus queridos, que a sua mãe era órfã e filha única; e suponho que também saibam que o seu avô foi clérigo em Westmoreland, de onde venho. Eu era apenas uma menina na escola do povoado quando, um dia, a sua avó foi até lá para perguntar à professora se havia alguma aluna com aptidão para ser babá; fiquei muito orgulhosa, sabem, quando a professora me chamou e falou que eu era boa com a agulha de costura e uma garota tranquila e honesta, filha de pais pobres, sim, mas muito respeitáveis. Pensei que nada me agradaria mais que servir àquela linda jovem dama, que ficou tão ruborizada como eu quando falou do bebê que estava para chegar e do que eu teria de fazer por ele. Mas estou vendo que vocês não se interessam tanto por essa parte da história quanto pelo que acreditam que virá a seguir; então vou resumir as coisas. Fui contratada e instalada na residência paroquial antes que a Srta. Rosamond (que era o bebê, e hoje é a mãe de vocês) nascesse. Na verdade, quando veio ao mundo eu tinha bem pouco o que fazer por ela, porque estava sempre nos braços da mãe e dormia ao seu lado a noite inteira; e me sentia muito orgulhosa quando a senhora a confiava a mim. Nunca houve nem haverá um bebê igual àquele, mesmo que todos vocês também tenham sido ótimos! Mas nada se pode comparar ao comportamento doce e encantador que Rosamond tinha. Ela o herdou da mãe, a avó de vocês, que era uma dama de nascença, uma Furnivall, neta do Lorde Furnivall de Northumberland. Acho que não tinha irmãs nem irmãos, e foi criada pela família do lorde até se casar com o avô de vocês, que — embora tenha sido sempre um cavalheiro inteligente e distinto — era apenas um cura, filho do dono de uma loja em Carlisle. Ele trabalhava duro em seu distrito eclesiástico, que era muito grande e se estendia pelas colinas rochosas de Westmoreland. Quando a mãe de vocês, a pequena Srta. Rosamond, tinha cerca de quatro ou cinco anos, os pais dela, seus avós, morreram um depois do outro, em um espaço de quinze dias. Ah! Foi um período muito triste. A minha linda jovem senhora e eu estávamos esperando por outro bebê quando o meu senhor chegou em casa vindo de uma de suas longas viagens, molhado e cansado, e trouxe a febre que o matou. A senhora nunca mais ergueu a cabeça; viveu apenas para ver o seu bebê nascer morto e deitá-lo sobre o peito antes de dar o último suspiro. A minha ama me havia pedido, no seu leito de morte, para nunca abandonar a Srta. Rosamond; mas mesmo que ela não houvesse dito uma palavra, eu teria ido com aquela criancinha até o fim do mundo. Logo em seguida, antes mesmo que o nosso pranto se acalmasse, chegaram os testamenteiros e tutores para resolver as coisas. Eram o Lorde Furnivall, primo da minha pobre jovem senhora, e o Sr. Esthwaite, irmão do meu amo, um lojista de Manchester; não tão próspero como viria a ser e com uma família grande para cuidar. Não sei se eles assim determinaram ou se foi devido a uma carta que a minha senhora escreveu no leito de morte para o seu primo, o lorde, mas de alguma forma ficou decidido que a Srta. Rosamond e eu iríamos para a mansão senhorial em Northumberland. O Lorde Furnivall deu a entender que teria sido o desejo da mãe que a garota vivesse com a sua família e que ele não fazia nenhuma objeção a isso, pois uma ou duas pessoas a mais não fariam diferença em uma casa tão grande. Assim sendo, embora não fosse essa a forma que eu teria escolhido para cuidar do futuro da minha menininha linda e esperta — que era como um raio de sol para qualquer família, por maior que fosse —, eu me senti muito feliz porque todas as pessoas em Dale ficariam pasmas, admiradas, quando ficassem sabendo que eu seria a dama de companhia da jovem senhorita na mansão Furnivall, do Lorde Furnivall.

Mas me enganei ao pensar que iríamos viver no mesmo lugar que o lorde. O fato era que ele e sua família haviam deixado a mansão Furnivall cinquenta anos antes, ou mais. Era duro saber que a minha pobre jovem senhora nunca estivera lá, mesmo tendo sido criada com a família; e lamentei, pois teria gostado que a Srta. Rosamond passasse a juventude no mesmo lugar que a sua mãe.

O criado pessoal do lorde, a quem fiz todas as perguntas que tive coragem, disse que a mansão ficava no sopé das colinas rochosas de Cumberland e era muito grande; que lá viviam a idosa Srta. Furnivall, tia-avó do lorde, e uns poucos criados; que era um lugar muito saudável e o senhor havia pensado que seria ótimo para a Srta. Rosamond viver ali alguns anos, e que talvez a presença dela alegrasse um pouco a sua velha tia.

O lorde me mandou aprontar as coisas da Srta. Rosamond para um dia determinado. Era um homem duro, orgulhoso, como dizem que eram todos os lordes Furnivall; e nunca usou uma palavra a mais do que o necessário. As pessoas falavam que fora apaixonado pela minha senhora; mas, como ela sabia que o pai dele seria contra, nunca lhe deu atenção, e se casou com o Sr. Esthwaite. Mas não sei ao certo. O fato é que ele nunca se casou. Mas também não deu muita atenção à Srta. Rosamond — como acredito que teria feito se se houvesse interessado pela sua mãe já falecida. Ele nos enviou para a mansão com o seu criado pessoal, dizendo-lhe para encontrá-lo em Newcastle naquela mesma noite; assim sendo, o criado não teve muito tempo para nos apresentar a todos os estranhos antes de também se desfazer de nós; e fomos largadas na grande e velha mansão, duas jovens (eu tinha menos de dezoito anos) criaturas abandonadas. Parece que foi ontem que nos levaram para lá. Havíamos deixado a querida casa paroquial muito cedo, ambas havíamos chorado como se nossos corações fossem partir-se, apesar de estarmos viajando na carruagem do lorde, que antigamente me parecia incrível. E já passava bastante do meio-dia de um dia de setembro quando paramos para trocar os cavalos pela última vez, em uma cidadezinha enfumaçada, cheia de carvoeiros e de mineiros. A Srta. Rosamond havia adormecido, mas o criado, o Sr. Henry, me disse para acordá-la para que pudesse ver o parque e a mansão enquanto chegávamos. Pensei que seria uma pena despertá-la, mas fiz o que ele mandou, com medo de que se queixasse de mim ao lorde. Havíamos deixado para trás todos os sinais de cidades ou mesmo de aldeias, e estávamos dentro dos portões de um parque muito grande e de natureza selvagem — diferente dos parques daqui do sul, pois lá havia rochedos, barulho de água correndo, espinheiros retorcidos e velhos carvalhos, todos brancos e descascados pelos anos.

O caminho seguiu subindo por cerca de três quilômetros, e então vimos uma grande mansão imponente rodeada por muitas árvores, tão próximas a ela que em alguns pontos os galhos se chocavam contra as paredes quando o vento soprava; algumas árvores estavam quebradas, caídas, e parecia que ninguém cuidava muito do lugar — o caminho para as carruagens também estava mal cuidado e coberto de musgo.

Apenas em frente à casa estava tudo limpo. Na grande entrada oval não havia um único matinho, e não se permitia que nenhuma árvore ou trepadeira crescesse sobre a fachada alongada e cheia de janelas, de cujos lados se projetavam as alas laterais — a casa, mesmo tão abandonada, era ainda maior do que eu pensava Atrás dela se erguiam as colinas rochosas, que pareciam bastante amplas e desertas. À esquerda da casa, havia um jardinzinho de flores à moda antiga, como descobri depois. A porta para ele ficava na parte oeste da fachada; tinha sido feito para alguma *Lady* Furnivall antiga, retirando-se parte do bosque denso e escuro, mas os galhos das grandes árvores da floresta haviam crescido e agora o sombreavam, e por isso pouquíssimas flores sobreviviam ali.

Quando passamos pela grande entrada da frente e seguimos para o vestíbulo, pensei que poderíamos perder-nos; era muito grande, imenso, enorme. Um lustre todo feito em bronze pendia do meio do teto; eu nunca tinha visto um daqueles, e olhei atônita para ele. Em um canto havia uma lareira esplêndida, do tamanho das laterais das casas no meu povoado, com volumosos canos e cães de lareira para segurar a lenha; e perto dela uns sofás antiquados e pesados. No canto oposto do vestíbulo, à esquerda de quem entrava, havia um órgão construído na parede; era tão grande que ocupava a maior parte daquela extremidade. Mais além dele, do mesmo lado, havia uma porta; e em frente a ela, dos dois lados da lareira, outras portas que levavam à ala leste — mas nunca passei por elas no período em que estive na casa, então não posso dizer-lhes o que existia atrás delas. A tarde já chegava ao fim, e o vestíbulo, onde ainda não haviam acendido o fogo, estava escuro e sombrio; mas não ficamos ali nem um instante. O velho criado da casa, que abrira a porta para nós, fez uma reverência para o Sr. Henry e nos levou pela porta do outro lado do grande órgão, e por várias salas menores e corredores, até a sala de visitas da ala oeste, onde ele havia dito que a Srta. Furnivall estava. A pobre Srta. Rosamond se agarrou a mim com força, como se estivesse assustada e perdida naquele lugar enorme; quanto a mim, não me sentia muito diferente. A sala de visitas da ala oeste tinha aparência muito acolhedora, com o fogo aceso aquecendo-a e muitos móveis bons e confortáveis espalhados. A Srta. Furnivall era uma dama idosa, chegando aos oitenta anos, creio eu, mas não tenho certeza. Era alta e magra, com o rosto repleto de rugas finas que pareciam ter sido desenhadas com a ponta de uma agulha. Os seus olhos eram muito atentos, suponho que para compensar o fato de ser surda a ponto de se ver obrigada a usar uma corneta auditiva. Sentada com ela, trabalhando na mesma grande tapeçaria, estava a Sra. Stark, a sua criada e dama de companhia, quase tão velha quanto ela. Vivia com a Srta. Furnivall desde que ambas eram jovens, e naquela época parecia mais uma amiga que uma criada; tinha um ar muito gélido, sombrio e inflexível, como se nunca houvesse amado ou se importado com alguém; e não creio que se importasse mesmo, exceto com sua ama; e, devido à forte surdez desta, a Sra. Stark a tratava quase como uma criança. O Sr. Henry entregou uma mensagem do lorde, nos disse adeus com uma reverência — sem tomar conhecimento da mão estendida da minha doce Srta. Rosamond — e nos deixou ali de pé, sendo examinadas pelas duas senhoras através dos óculos.

Fiquei muito aliviada quando chamaram o velho criado que nos recebera e lhe disseram para nos conduzir aos nossos aposentos. Então deixamos a grande sala de visitas, passamos por uma sala de estar, subimos uma escadaria enorme e seguimos por um corredor amplo — que era algo como uma biblioteca, com livros de cima a baixo de um lado e janelas e mesas de escrever do outro —, até chegar ao nosso destino. Fiquei feliz em saber que estávamos bem em cima das cozinhas, pois já começara a pensar que me perderia naquela casa desnorteante. Havia uma antiga sala das crianças, que fora utilizada por todos os pequenos lordes e damas tempos antes, com um fogo agradável na lareira, a chaleira fervendo e a mesa posta com tudo para o chá. E ao lado daquele aposento estava o quarto infantil, com um berço para a Srta. Rosamond perto da minha cama. O velho James chamou a esposa, Dorothy, para nos dar as boas-vindas; e ambos foram tão hospitaleiros e amáveis conosco que aos poucos a Srta. Rosamond e eu começamos a nos sentir em casa, e quando terminamos o chá ela já estava sentada no colo de Dorothy, tagarelando tão rápido quanto a sua linguinha permitia. Logo descobri que Dorothy era de Westmoreland, e isso de certa forma nos unia; eu não poderia sequer sonhar em encontrar pessoas mais gentis que o velho James e a sua mulher. James havia passado quase toda a vida com a família do lorde e acreditava que não existia ninguém tão superior quanto os Furnivall; até olhava a esposa com certa altivez, pois antes de se casarem ela só havia vivido na casa de um fazendeiro. Mas gostava muito dela — e não poderia ser diferente. Havia uma criada, chamada Agnes, que estava sujeita às ordens deles para fazer todo o trabalho duro; e ela e eu, e James e Dorothy, com a Srta. Furnivall e a Sra. Stark, formávamos a família; sem esquecer jamais da minha doce Srta. Rosamond! Eu costumava perguntar-me o que faziam antes de nossa chegada, pois agora só pensavam nela. Na cozinha ou na sala de visitas, era o mesmo. A dura e triste Srta. Furnivall e a fria Sra. Stark pareciam encantar-se quando ela chegava, gorjeando como um passarinho, brincando e fazendo travessuras para lá e para cá, em um sussurro constante, com a sua deliciosa tagarelice infantil. Tenho certeza de que as duas lamentavam quando ela corria para a cozinha, mas eram orgulhosas demais para lhe pedir que ficasse e se surpreendiam um pouco com aquela preferência da menina — embora a Sra. Stark falasse que isso não tinha nada de surpreendente, levando em consideração a origem do seu pai. A casa, grande, antiga e labiríntica, era um ótimo lugar para a Srta. Rosamond. Ela fazia expedições por todas as partes, comigo nos seus calcanhares; todas, menos a ala leste, que nunca ficava aberta e onde nem sequer pensávamos em ir. Mas nas alas norte e oeste havia muitos aposentos agradáveis, cheios de coisas curiosas para nós — ainda que talvez não o fossem para as pessoas com mais vivência. As janelas eram escurecidas pelo movimento dos galhos das árvores e pela hera que as cobria; mas mesmo nessa penumbra esverdeada conseguíamos enxergar os potes de porcelana antigos, as caixas de marfim entalhadas, livros pesados, enormes, e acima de tudo os quadros antigos!

Lembro-me que uma vez a minha querida pediu a Dorothy para nos acompanhar e contar quem eram as pessoas dos quadros; pois eram retratos da família do lorde, embora ela não soubesse o nome de todos. Havíamos passado pela maioria dos aposentos quando chegamos à antiga sala de visitas da mansão, que ficava em cima do vestíbulo, e onde havia um retrato da Srta. Furnivall; ou Srta. Grace, como era chamada então, por ser a irmã mais nova. Que beleza ela deve ter sido! Mas com um ar muito duro e orgulhoso, e um desdém enorme nos belos olhos, com as sobrancelhas levemente erguidas, como que espantada com o fato de alguém poder cometer a impertinência de olhar para ela... e os seus lábios se franziam para nós, enquanto ficávamos ali contemplando o retrato. Ela usava um traje de um tipo que eu nunca vira, mas que era moda na sua juventude: um chapéu de algum material branco e macio como pele de castor, um pouco inclinado sobre as sobrancelhas, com um lindo enfeite de plumas dando a volta em um dos lados; e o vestido de cetim azul tinha uma abertura na parte da frente, mostrando um corpete branco adornado, com enchimento.

— Minha nossa! — exclamei, depois de olhá-lo por algum tempo. — O ser humano é como a relva, que morre depressa, diz a Bíblia. Mas quem imaginaria, olhando agora para a Srta. Furnivall. que ela tivesse uma beleza tão extraordinária na juventude?

— Sim — disse Dorothy. — As pessoas se transformam de um modo triste. Mas se o que o pai do meu senhor dizia é verdade, a Srta. Furnivall, a irmã mais velha, era ainda mais bonita que a Srta. Grace. O retrato dela está aqui também, mas, se mostrá-lo para vocês, não devem jamais contar que o viram, nem sequer a James. Você acha que a senhorita consegue controlar a língua? — perguntou ela.

Eu não tinha muita certeza. Ela era uma menininha muito doce e corajosa, e era também muito franca e aberta. Então lhe disse para se esconder e depois ajudei Dorothy a desvirar um quadro grande, que estava apoiado na parede virado ao contrário, e não pendurado como os outros. Ela de fato superava a Srta. Grace em beleza; e acho que também em orgulho desdenhoso, ainda que nesse aspecto fosse bem difícil decidir. Eu poderia ter passado uma hora olhando para o quadro, mas Dorothy parecia um pouco assustada por tê-lo mostrado a mim; logo o colocou no lugar e me mandou correr para encontrar a Srta. Rosamond, porque havia alguns lugares perigosos na casa, onde ela não gostaria que a menina fosse. Eu era uma moça corajosa e cheia de energia, e não fiz muito caso do que ela me disse, porque gostava tanto de brincar de pique-esconde como qualquer criança da paróquia; então corri para buscar a minha pequena.

À medida que o inverno avançava e os dias ficavam mais curtos, às vezes eu tinha quase certeza de ouvir um som, como se alguém estivesse tocando o grande órgão do vestíbulo. Não o ouvia todas as noites, mas certamente com muita frequência, em geral quando estava sentada em silêncio depois de colocar a Srta. Rosamond para dormir. Então costumava ouvi-lo vibrar ao longe, em ondas. Na primeira noite que isso aconteceu, quando desci para jantar perguntei a Dorothy quem estivera tocando e James disse, muito abruptamente, que eu era uma tola se tomava por música o murmúrio do vento entre as árvores. Mas vi que Dorothy olhou para ele muito assustada, e Bessy, a cozinheira, disse algo em voz baixa e ficou muito pálida. Percebi que eles não haviam gostado da minha pergunta, então decidi ficar quieta até estar sozinha com Dorothy, quando sabia que conseguiria boas respostas. No dia seguinte esperei a hora certa e a persuadi, perguntando então quem tocava o órgão; sabia muito bem que se tratava do órgão e não do vento, apesar de ter mantido silêncio perto de James. Mas lhes asseguro que Dorothy havia sido repreendida, porque não consegui arrancar dela uma única palavra. Então tentei com Bessy, embora sempre a tivesse olhado de forma um pouco superior, já que eu estava no mesmo nível que James e Dorothy e ela era pouco mais que criada deles. Ela me disse que, não deveria nunca, jamais contar nada; e que se contasse, não deveria falar que ela me havia dito; mas que era um barulho muito estranho e ela o ouvira várias vezes, principalmente nas noites de inverno e antes de tempestades; e que as pessoas diziam que era o antigo lorde que tocava o grande órgão do vestíbulo, como costumava fazer quando estava vivo; mas quem era o lorde antigo, por que tocava e por que o fazia em especial em noites de tormenta no inverno, ela ou não podia ou não queria dizer-me. Pois bem! Já lhes disse que eu era valente, então pensei que era bem agradável ter aquela música grandiosa percorrendo a casa, fosse lá quem fosse que estivesse tocando, pois ela primeiro sobrepujava as fortes rajadas de vento, uivava e triunfava como um ser vivo, depois descia até a mais completa suavidade; mas sempre música, melodias, portanto era um disparate chamá-la de vento.

No começo achei que poderia ser a Srta. Furnivall quem tocava, sem que Bessy soubesse; mas um dia, quando estava sozinha no vestíbulo, abri o órgão e espiei tudo, dentro e em volta, como havia feito uma vez com o órgão da igreja de Crosthwaite; vi que, embora parecesse magnífico e em perfeito estado por fora, por dentro estava todo quebrado, destruído. E, então, apesar de ser meio-dia, a minha pele se arrepiou. Fechei o órgão e corri para o luminoso quarto infantil. Depois disso, durante algum tempo me incomodei ao ouvir a música, mais do que James e Dorothy. Nesse período, a

Srta. Rosamond foi fazendo-se cada vez mais querida. As senhoras gostavam que ela as acompanhasse no jantar bem cedo; James ficava de pé atrás da cadeira da Srta. Furnivall, e eu atrás da Srta. Rosamond muito cerimoniosamente. Depois de comer ela brincava em um canto da grande sala de visitas, quieta como um ratinho, enquanto a Srta. Furnivall dormia e eu ia jantar na cozinha. Em seguida eu a levava para a sala das crianças, e ela ficava feliz, porque, como me dizia, a Srta. Furnivall era muito triste e a Sra. Stark, muito sem graça. Mas nós duas éramos bastante alegres, e aos poucos fui parando de me preocupar com aquela estranha música retumbante, que não fazia mal a ninguém se não soubéssemos de onde vinha.

Aquele inverno foi muito frio. No meio de outubro as geadas começaram, e duraram muitas, muitas semanas. Lembro que um dia, no jantar, a Srta. Furnivall levantou os olhos tristes e carregados e disse à Sra. Stark: "Temo que este inverno seja terrível", de uma forma estranha, repleta de significados. Mas a Sra. Stark fingiu não ter ouvido e começou a falar muito alto de outra coisa. Minha senhorita e eu não nos preocupávamos com o frio; não nós! Se não estivesse chovendo nem nevando, escalávamos os cumes íngremes atrás da casa e subíamos até as colinas rochosas, gélidas e despidas de vegetação, e apostávamos corridas naquele ar frio e cortante; e uma vez descemos por um caminho desconhecido, que nos levou além dos dois azevinhos velhos e retorcidos que cresciam na metade do caminho, subindo pela ala leste da casa. Mas os dias ficavam cada vez mais curtos, e o antigo lorde, se é que era ele, tocava o grande órgão com cada vez mais intensidade e tristeza. Numa tarde de domingo — deve ter sido perto do final de novembro —, pedi a Dorothy para cuidar da pequenina quando ela saísse da sala de visitas, depois de a Srta. Furnivall começar a cochilar, porque eu queria ir à igreja, mas estava frio demais para levá-la comigo. Dorothy prometeu fazê-lo, muito feliz; ela gostava muito da menina, então, e tudo me pareceu bem, e Bessy e eu partimos bem cedo, muito animadas, mesmo com o céu pesado e escuro sobre a terra pintada de branco pela neve. A noite ainda não tinha ido embora por completo, e o ar, ainda que calmo, era muito cortante.

— Vamos ter uma nevada — me disse Bessy. E, de fato, quando ainda estávamos na igreja começou a nevar forte, em flocos enormes — tão forte que a neve quase escureceu as janelas. Parou de nevar antes de sairmos, deixando uma camada macia, grossa e funda sob os nossos pés quando caminhamos para casa. Antes que entrássemos no vestíbulo a lua subiu no céu, e acho que ele ficou mais iluminado então — com a lua e o branco ofuscante da neve — que quando havíamos saído para a igreja, entre duas e três horas. Eu não tinha contado a vocês que a Srta. Furnivall e a Sra. Stark não iam nunca à igreja; elas costumavam rezar juntas, da sua forma reservada e sombria; parecia que elas achavam o domingo muito longo porque não podiam ocupar-se com o trabalho na tapeçaria. Por isso, quando fui encontrar Dorothy na cozinha para buscar a Srta. Rosamond e levá-la para cima comigo, não me surpreendi em absoluto quando ela me disse que as senhoras haviam retido a menina consigo, e ela não descera para a cozinha, como eu lhe dissera para fazer quando se cansasse de se comportar bem na sala de visitas. Então tirei a capa e fui encontrar-me com ela para levá-la para jantar na sala das crianças. Mas, quando entrei na sala, lá estavam as duas senhoras, sentadas, muito quietas e silenciosas, deixando escapar alguma palavra de vez em quando, mas parecendo jamais terem tido nada tão radiante e feliz como a Srta. Rosamond perto delas. Pensei, porém, que ela podia estar escondendo-se de mim — era uma das coisas que fazia muito — e que havia convencido as senhoras a fingirem que não sabiam dela; então comecei a olhar silenciosamente debaixo deste sofá, atrás daquela cadeira, fingindo-me de assustada porque não a encontrava.

— Qual é o problema, Hester? — perguntou a Sra. Stark com rispidez. Não sei se a Srta. Furnivall havia percebido a minha presença, pois, como já disse, era muito surda e permaneceu ali sentada, quase sem se mover, olhando para o fogo com a expressão desanimada.

— Estou apenas procurando a minha pequena Rosa Rosinha — respondi, ainda pensando que a menina estava ali, perto de mim, mesmo que eu não a visse.

— A Srta. Rosamond não está aqui — disse a Sra. Stark. — Saiu para procurar Dorothy mais de uma hora atrás. — E se virou para também olhar o fogo.

O meu coração ficou apertado, e comecei a desejar jamais ter-me separado da minha querida. Voltei à cozinha e contei a Dorothy. James havia saído para passar o dia fora, mas ela, Bessy e eu pegamos velas e fomos primeiro na sala das crianças; depois percorremos toda aquela casa enorme, chamando a Srta. Rosamond e lhe pedindo para sair do seu esconderijo e não nos assustar daquela maneira terrível. Mas não houve resposta, nem um som.

— Ah! — disse eu por fim. — Será que ela não foi para a ala leste e se escondeu lá?

Mas Dorothy disse que era impossível, porque nem mesmo ela havia jamais ido lá; e as portas estavam sempre trancadas, e ela achava que só o criado pessoal do lorde tinha as chaves; de qualquer forma, nem ela nem James as haviam visto nunca. Então eu disse que voltaria para ver se no final das contas ela não havia realmente se escondido na sala de visitas sem que as duas senhoras percebessem, e que se a encontrasse lhe daria umas boas palmadas pelo susto que me havia dado — mas é claro que não pensava realmente em fazer isso. Bem, voltei à sala, contei à Sra. Stark que não encontráramos a menina em nenhum lugar e lhe pedi que me deixasse olhar tudo por ali, pois agora acreditava que ela podia ter acabado adormecendo em algum canto quente e escondido. Mas não! Procuramos

— a Srta. Furnivall se levantou e ajudou, tremendo dos pés à cabeça — e ela não estava em nenhum lugar. Então saímos em busca novamente, todas nós, olhando nos lugares que já havíamos percorrido; mas não conseguimos encontrá-la. A Srta. Furnivall estremecia e tremia tanto que a Sra. Stark a levou de volta ao calor da sala de visitas; mas não sem antes me fazerem prometer que levaria a Srta. Rosamond para vê-las quando a encontrássemos. Mas que dia! Começava a achar que ela não apareceria nunca, quando me ocorreu procurar no amplo pátio da frente, todo coberto de neve. Eu estava no andar superior quando olhei para baixo; a luz da lua era tão clara que pude ver com toda clareza duas pequenas pegadas saindo da porta principal e contornando a ponta da ala leste. Nem sei como desci, mas abri a porta grande e pesada do vestíbulo com um puxão e, jogando a saia externa do meu vestido sobre a cabeça para me cobrir, corri para fora. Segui até a ponta da ala leste, e então uma sombra negra escureceu a neve; mas, quando voltei à luz da lua, lá estavam as pequenas pegadas, subindo, subindo, direto para as colinas. Fazia um frio terrível; tanto que o ar quase me arrancava a pele do rosto enquanto eu corria; mas segui em frente, chorando ao pensar em como a minha pobre menina querida devia estar sofrendo e com medo. Já estava conseguindo ver os azevinhos quando avistei um pastor descendo pela colina carregando algo nos braços, envolvido na sua manta. Perguntou de longe, gritando, se eu havia perdido uma criança;

o choro me impediu de falar, e então ele veio até mim e vi a minha menininha, imóvel, pálida e rígida nos seus braços, como se estivesse morta. Ele me contou que havia subido as colinas para reunir as ovelhas antes que caísse o intenso frio da noite, e que sob os azevinhos (pontos escuros na encosta, onde não havia mais vegetação em quilômetros ao redor) encontrara a minha senhorita, minha cordeirinha, minha rainha, minha querida, rígida e fria no terrível sonho causado pelo enregelamento. Ah! a alegria e o choro por voltar a tê-la nos meus braços. Sim, pois não deixei que o pastor a carregasse; tomei-a nos braços com a manta e a segurei contra o meu colo, o meu coração, e senti a vida voltando aos poucos àqueles pequenos e delicados membros. Mas ela ainda estava inconsciente quando chegamos à entrada da mansão, e eu não tinha forças para falar. Passamos pela porta da cozinha.

— Traga o ferro para aquecer a cama — disse eu. Subi as escadas com ela e comecei a despi-la perto do fogo do quarto infantil, que Bessy tinha mantido aceso. Ainda cega pelas lágrimas, chamei o meu cordeirinho por todos os nomes doces e divertidos que me ocorreram; até que ela enfim abriu os grandes olhos azuis. Então a coloquei na cama quente e disse para Dorothy descer e dizer à Srta. Furnivall que estava tudo bem; e decidi ficar sentada junto à cama da minha querida a noite inteira. Ela caiu em um doce sonho assim que a sua linda cabecinha tocou o travesseiro, e velei o seu sono até clarear, de manhã. Então ela despertou, alegre e despreocupada — ou pelo menos foi o que me pareceu no momento; e, meus queridos, hoje também acredito nisso.

Ela me contou que havia pensado em ir encontrar Dorothy, pois as duas idosas dormiram e estava muito aborrecido na sala de visitas; e que, quando passou pelo saguão da ala oeste, viu a neve pela janela alta, caindo, caindo, suave e constante; então, quis vê-la cobrindo o chão, linda e branca; foi até o grande vestíbulo, chegou perto da janela e a avistou, suave e brilhante, sobre o caminho; mas enquanto estava ali viu uma garotinha, mais nova que ela, "tão bonita...", disse a minha querida, "e a menininha me fez sinais para sair, e... Ah, ela era tão bonita e tão doce que eu tive de ir". Depois aquela garotinha havia segurado sua mão e seguiram juntas, contornando a ala leste da casa.

— Agora você está sendo uma menininha má, contando mentiras — eu lhe disse. — O que a sua boa mãe, que está no céu e nunca falou uma mentira na vida, diria para a sua pequena Rosamond se a ouvisse contar histórias assim? E ouso dizer que ela a ouve, sim!

— Mas, Hester — gemeu a minha menina —, estou dizendo a verdade. Estou, sim!

— Não fale isso! — disse eu, muito séria. — Segui as pegadas na neve; só via as suas. Se você tivesse subido a colina segurando a mão da menininha, não acha que as pegadas dela teriam ficado marcadas ao lado das suas?

— Não tenho culpa se não ficaram, querida Hester — disse ela, chorando —; não olhei os pés dela em nenhum momento, mas ela apertava a minha mão com a sua mãozinha, que estava muito, muito fria. Ela me levou pelo caminho da colina até os azevinhos; lá avistei uma mulher gemendo e chorando. Mas, quando ela me viu, o seu choro se acalmou, e ela sorriu, muito orgulhosa e superior, me sentou no seu colo e começou a me ninar para que eu dormisse; e isso é tudo, Hester... e é verdade, e a minha querida mamãe sabe disso — e ela continuou chorando.

Achei que a pobre criança estava com febre, então fingi acreditar nela, pois voltava àquela história uma e outra vez, sempre contando-a do mesmo jeito. Por fim Dorothy bateu na porta com o café da manhã da Srta. Rosamond; e me disse que as senhoras estavam embaixo, na sala de jantar, e queriam falar comigo. As duas haviam estado no quarto infantil na noite anterior, mas depois que a Srta. Rosamond dormira — então haviam apenas olhado para ela, sem me fazer nenhuma pergunta.

"Vou levar uma bronca", falei comigo mesma enquanto seguia pelo corredor da ala norte. Mas me encorajei pensando: "Na verdade, eu a deixei ao cuidado delas, então a culpa é delas se não cuidaram da senhorita nem perceberam quando ela saiu da sala". Assim sendo, entrei confiante e contei a minha história. Falei tudo para a Srta. Furnivall, gritando perto do seu ouvido. Mas, quando mencionei a outra menininha, lá fora na neve, persuadindo a Srta. Rosamond, chamando-a para sair e levando-a até a mulher bela e imponente perto do azevinho, ela ergueu os braços, os velhos e magros braços, e gritou:

— Ó, meu Deus, perdão! Tenha piedade!

A Sra. Stark a segurou — de maneira um pouco brusca ao que me pareceu; mas ela não se deixou dominar e falou comigo, com autoridade e me advertindo fortemente.

— Hester! Mantenha-a longe dessa menina! Ela a arrastará para a morte! Essa criança diabólica! Diga a ela que essa menina é má e perversa!

Então a Sra. Stark me fez sair da sala, o que na realidade fiz com prazer. Mas a Srta. Furnivall continuava gritando:

— Ó! Tenha piedade! Será que você nunca vai perdoar! Já faz tanto tempo!

Fiquei muito aflita depois daquilo. Não me atrevia a deixar a Srta. Rosamond de noite nem de dia, com medo que escapulisse novamente, por uma ilusão qualquer; e acima de tudo porque havia chegado à conclusão de que a Srta. Furnivall estava louca, devido à forma estranha como era tratada, e tinha medo de que algo assim (isso pode ser de família, vocês sabem) acontecesse com a minha menininha querida... A grande geada não parou durante todo esse tempo; e, quando a noite era mais tempestuosa que o habitual, em meio às rajadas e ao vento nós ouvíamos o antigo lorde tocando o grande órgão. Mas, com esse lorde ou não, aonde quer que a Srta. Rosamond fosse eu a seguia, pois o meu amor por ela, minha linda órfã desamparada, era mais forte que o medo que aquele som imponente e terrível me causava. Além disso, era minha responsabilidade mantê-la animada e contente, como é de se esperar na sua idade. Então brincávamos juntas, passeávamos juntas aqui, ali e acolá, pois não me atrevia a voltar a perdê-la de vista outra vez naquela mansão labiríntica. E então aconteceu de numa tarde, não muito antes do Natal, estarmos as duas jogando na mesa de bilhar do grande saguão (não que soubéssemos a forma correta de jogar, mas ela gostava de girar as lisas bolas de marfim com as suas lindas mãos, e eu gostava de tudo que ela fazia), e pouco a pouco, sem que percebêssemos, foi ficando escuro dentro de casa, embora ainda houvesse luz ao ar livre; eu já estava pensando em levá-la para o quarto quando, de repente, ela exclamou:

— Olhe, Hester! Olhe! A minha pobre menininha está lá fora, na neve!

Eu me virei para as janelas estreitas e alongadas e, sim, vi uma menininha, menor que a minha Srta. Rosamond, com uma roupa nem um pouco adequada para ficar ao ar livre em uma noite tão terrível, chorando e batendo nos caixilhos como se quisesse entrar. Parecia soluçar e gemer, até que a Srta. Rosamond não conseguiu mais suportar e correu para abrir a porta. Então, de repente e muito perto de nós, o grande órgão ecoou tão forte e atordoador que me fez tremer; e ainda mais quando me dei conta de que, mesmo em meio à quietude daquele frio mortal, eu não ouvira nenhum ruído das batidas na janela, mesmo a criança fantasma tendo aparentemente colocado toda a sua força nisso; e que, embora a tivesse visto gemer e chorar, nem o menor som havia chegado aos meus ouvidos. Não sei se pensei tudo isso naquele instante; o barulho do grande órgão me deixara aterrorizada; só sei que alcancei a Srta. Rosamond antes que ela chegasse à porta do vestíbulo, a segurei firme e a levei, esperneando e gritando, para a cozinha iluminada, onde Dorothy e Agnes estavam ocupadas fazendo tortas de carne.

— O que está acontecendo com a minha doçura? — exclamou Dorothy quando entrei com a Srta. Rosamond, que chorava como se alguém tivesse pisoteado o seu coração.

— Ela não me deixa abrir a porta para a minha menininha entrar; e ela vai morrer se ficar na colina a noite toda. Hester má, cruel! — disse, batendo em mim; mas poderia ter batido até mais forte, pois eu havia visto tamanho terror no rosto de Dorothy que me gelara o sangue.

— Feche a porta dos fundos da cozinha e tranque bem — disse ela a Agnes, e não falou mais nada. Deu-me uvas-passas e amêndoas para acalmar a Srta. Rosamond, mas ela continuava chorando pela menininha na neve e não tocou em nenhuma daquelas gostosuras. Fiquei agradecida quando acabou dormindo em sua cama, de tanto chorar. Então desci furtivamente à cozinha e disse a Dorothy que havia tomado uma decisão. Ia levar a minha querida para a casa do meu pai, em Applethwaite. Lá viveríamos em paz, ainda que humildemente. Disse a ela que já me assustara bastante com o antigo lorde tocando o órgão; mas agora, que eu também vira aquela menininha chorosa, vestida de maneira diferente de qualquer garota da vizinhança e com uma ferida escura no ombro direito, chamando e batendo para conseguir entrar, mas sem que se ouvisse qualquer ruído, qualquer voz; e depois que a Srta. Rosamond a identificara como o fantasma que quase a arrastara para a morte (e Dorothy sabia que isso era verdade)... não, eu não podia mais ficar ali.

Vi que ela mudou de cor uma ou duas vezes. Quando terminei, me disse que não acreditava que eu pudesse levar a Srta. Rosamond comigo, porque ela estava sob a guarda do lorde e eu não tinha nenhum direito sobre ela. Perguntou-me se eu ia deixar a criança de quem tanto gostava, só por causa de alguns ruídos e visões que não poderiam fazer-me nenhum mal; e disse que todos eles haviam tido de se acostumar com aquilo. Eu estava trêmula e muito agitada e falei que para ela estava tudo muito bem, pois sabia o que significavam as visões e os ruídos, e talvez eles tivessem algo a ver com a menina fantasma, quando ainda estava viva. E tanto a incomodei que afinal ela me contou tudo que sabia. E então desejei jamais ter ouvido aquela história, porque fiquei ainda mais assustada.

Ela disse que tinha ouvido a história de uns velhos vizinhos que conheceu quando era recém-casada, na época em que as pessoas às vezes ainda entravam no vestíbulo, antes que a casa ficasse com má fama na região; e que o que lhe haviam contado podia ser ou não verdade.

O antigo lorde era pai da Srta. Furnivall — ou Srta. Grace, como Dorothy a chamava, pois a Srta. Maude era a mais velha, portanto era quem tinha direito ao título. O velho lorde era consumido pelo orgulho. Nunca se vira ou ouvira falar em homem mais orgulhoso; e as filhas haviam saído a ele. Ninguém era bastante bom para se casar com elas, mesmo tendo muitos pretendentes entre os quais escolher, porque eram as maiores beldades da sua época, como eu pudera ver nos retratos da sala de estar. Mas, como diz o velho ditado, "O orgulho precede a queda"; e aquelas duas belezas altivas se apaixonaram pelo mesmo homem, um simples músico estrangeiro que o pai delas havia feito vir de Londres para tocar com ele na mansão. Pois, acima de tudo e quase no mesmo nível do seu orgulho, o lorde amava a música. Sabia tocar quase todos os instrumentos conhecidos, e era estranho pensar que a música não o abrandava; era um velho raivoso e severo que, diziam, destroçara o coração da pobre esposa com a sua crueldade. Mas era louco por música, e pagaria o que fosse por ela. Então conseguiu fazer o estrangeiro vir até a casa; um homem que tocava tão bem que, diziam, até os pássaros paravam de cantar nas árvores para escutá-lo. Aos poucos esse cavalheiro estrangeiro tornou-se tão importante para o lorde que este só queria saber de levá-lo para lá todos os anos; e foi esse músico quem fez trazer o grande órgão da Holanda e montá-lo no vestíbulo, onde ainda está. Ensinou o lorde a tocá-lo, mas frequentemente acontecia de, enquanto ele não pensava em nada além do seu excelente órgão e da música ainda melhor, o estrangeiro moreno se dedicar a passear pelo bosque com uma das senhoritas: às vezes com a Srta. Maude, outras com a Srta. Grace.

A Srta. Maude ganhou a prova e levou o prêmio; o músico e ela se casaram sem que ninguém soubesse. E, antes que ele fizesse a visita anual seguinte, ela deu à luz uma garotinha em uma casa nas colinas, enquanto o seu pai e a Srta. Grace achavam que ela estava nas corridas em Doncaster. Entretanto, mesmo agora sendo esposa e mãe, o seu temperamento não se abrandou em nada; continuava sendo tão arrogante e irritável como sempre. Talvez até mais, porque tinha ciúme da Srta. Grace, a quem o seu marido estrangeiro fazia a corte — para que ela não percebesse nada, dizia ele à esposa. Mas a Srta. Grace acabou vencendo a Srta. Maude, que foi ficando cada vez mais raivosa, tanto com a irmã como com o marido; e ele, que podia facilmente se livrar de algo desagradável e se esconder no estrangeiros, foi embora naquele verão um mês antes da data habitual, com a ameaça de não voltar nunca mais. Enquanto isso, a criancinha continuava sendo mantida no campo, e pelo menos uma vez por semana a sua mãe mandava que selassem o cavalo e galopava como uma louca pelas colinas para ir visitá-la; porque ela, quando amava, amava de verdade; e, quando odiava, odiava de verdade. E o antigo lorde continuou tocando e tocando o órgão, e os criados pensavam que a música doce que ele tocava havia suavizado o seu temperamento terrível, do qual (segundo Dorothy) algumas histórias terríveis podiam ser contadas. Ele ficou debilitado, e passou a ter de andar com uma muleta; como um dos seus filhos — pai do atual Lorde Furnivall — estava na América, lutando no exército, e o outro, no mar, a Srta. Maude podia fazer quase tudo como bem entendesse, e ela e a Srta. Grace foram ficando cada vez mais frias e amargas uma com a outra, até chegarem ao ponto de mal se falarem, exceto quando o pai estava presente. O músico estrangeiro voltou no verão seguinte, mas pela última vez; o ciúme e a cólera das irmãs tornaram a sua vida tão impossível que ele se cansou, foi embora e nunca mais se ouviu falar dele. A Srta. Maude, que sempre tivera a intenção de tornar o seu casamento público quando o pai morresse, se viu reduzida a esposa abandonada (embora ninguém soubesse que ela se casara), com uma filha que, mesmo amando loucamente, ela não se atrevia a reconhecer, vivendo com um pai a quem temia e uma irmã que odiava.

Quando o verão seguinte passou e o estrangeiro moreno não apareceu, tanto a Srta. Maude como a Srta. Grace ficaram melancólicas e tristes. A aparência delas era de desconsolo, embora continuassem tão bonitas como sempre. Mas pouco a pouco a Srta. Maude foi iluminando-se, porque o seu pai ficava cada vez mais fraco e mais arrebatado pela música; e ela e a Srta. Grace viviam quase completamente separadas, a Srta. Maude na ala leste, nos aposentos que agora estavam fechados, e a Srta. Grace na ala oeste. Então ela pensou que poderia levar a sua menininha para junto dela, e ninguém precisaria saber, exceto os que não se atreveriam a falar sobre o assunto e que seriam obrigados a acreditar no que ela dissesse: que era uma filha de camponeses a quem se afeiçoara. Tudo isso, disse Dorothy, era coisa sabida; mas o que aconteceu depois só era do conhecimento da Srta. Grace e da Sra. Stark — que era já a sua dama de companhia naquela época e considerada por ela mais amiga do que a irmã jamais fora. Mas os criados imaginaram, por algumas palavras ouvidas aqui e ali, que a Srta. Maude havia vencido a Srta. Grace, e lhe contaram que o estrangeiro moreno havia zombado dela ao fingir amá-la, porque era casado com a sua irmã. Naquele dia a Srta. Grace perdeu para sempre a cor da face e dos lábios, e várias vezes a ouviram dizer que mais cedo ou mais tarde teria a sua vingança; e a Sra. Stark passou a sempre espionar os quartos da ala leste.

Numa noite terrível, logo depois de começar o Ano-Novo, quando a neve cobria tudo, densa e profunda, e os flocos continuavam a cair com tanta intensidade que cegavam qualquer um que ficasse ao ar livre, ouviu-se uma barulheira forte e violenta acompanhada da voz do lorde amaldiçoando e praguejando horrivelmente; depois os gritos de uma menininha, o desafio orgulhoso de uma mulher enraivecida, o som de um golpe, um silêncio mortal e depois gemidos e prantos cujo som foi definhando enquanto seguiam colina acima! Então o lorde convocou todos os criados da casa e lhes disse, com pragas terríveis e palavras mais terríveis ainda, que a sua filha se havia desonrado e ele a colocara para fora de casa, ela e a filha, e que se eles algum dia as ajudassem, lhe dessem comida ou abrigo, rezaria para que não pudessem jamais entrar no céu. A Srta. Grace ficou ao lado do pai todo o tempo, pálida e rígida como uma pedra; e, quando ele terminou, soltou um grande suspiro, como que dizendo que o seu trabalho chegara ao fim, que alcançara o seu propósito. Mas o lorde não voltou a tocar o órgão e morreu naquele mesmo ano. E não me estranha, porque no dia seguinte àquela noite turbulenta e assustadora, pastores que desciam a colina encontraram a Srta. Maude sentada sob os azevinhos, completamente enlouquecida e sorridente, ninando uma menina morta com uma ferida terrível no ombro direito.

— Mas não foi a ferida que a matou — disse Dorothy —, e sim a geada e o frio. Todas as criaturas selvagens estavam nas suas tocas e todo o gado estava no seu curral... ao passo que a menina e a mãe haviam sido expulsas de casa para vagar pelas colinas! Agora você já sabe de tudo! E me pergunto... está menos assustada?

Eu estava mais assustada que nunca, mas neguei. Desejei ir embora para sempre daquela casa horrível com a Srta. Rosamond; mas não a deixaria nem ousava levá-la comigo. Mas, ah... como a vigiava e a protegia! Nós trancávamos as portas e fechávamos as persianas uma hora antes do escurecer, para não deixá-las abertas nem cinco minutos além do devido. Mas a minha senhorita ainda ouvia a criança sobrenatural chorar e se queixar; e nada que pudéssemos fazer ou dizer a impedia de querer ir até ela e retirá-la do vento e da neve cruéis. Todo esse tempo evitei ao máximo o contato com a Srta. Furnivall e a Sra. Stark, pois as temia — sabia que não podia haver nada de bom nelas, com os seus rostos acinzentados e inflexíveis e o olhar perdido, recordando os anos terríveis do passado. Mas, mesmo tendo medo, também sentia uma espécie de compaixão, ao menos pela Srta. Furnivall. Nem os que caíram no abismo poderiam ter uma expressão mais desesperançada que a dela, sempre. No final, ela não falava mais — a menos que fosse forçada a tal — e comecei a sentir tanta pena dela que rezei pela sua alma; e ensinei a Srta. Rosamond a rezar por alguém que cometera um pecado mortal; mas, quando ela chegava a essa parte, frequentemente ouvia algo, se levantava e dizia:

— Estou ouvindo a minha menininha se lamentar e chorar, muito triste... Ah! Deixe-a entrar ou ela vai morrer!

Numa noite, logo depois do dia do *Réveillon* chegar finalmente, e de o longo inverno abrandar, como eu esperava, ouvi a campainha da sala de estar da ala oeste soar três vezes: era o sinal para mim. Não deixaria a Srta. Rosamond sozinha, mesmo estando ela dormindo, pois o lorde andava tocando o órgão mais intensamente que nunca e eu temia que a minha querida despertasse e ouvisse a menina fantasma. Mas pelo menos eu sabia que ela não conseguiria vê-la: havia eu fechado muito bem as janelas para impedir isso. Então tirei-a da cama, envolvi-a com os agasalhos que estavam mais à mão e a carreguei até a sala onde as senhoras estavam sentadas bordando, como sempre.

Ergueram os olhos do trabalho quando entrei, e a Sra. Stark perguntou, muito surpresa:

— Por que você trouxe a Srta. Rosemond aqui, tirando-a da cama quente?

Comecei a responder, num sussurro:

— Porque fiquei com medo de que aquela menina da neve a induzisse a sair enquanto eu não estava...

Mas de repente ela olhou para a Srta. Furnivall e me interrompeu, dizendo que a sua ama queria que eu desfizesse um trabalho que ela havia feito errado, e que nenhuma das duas via bem para desfazer. Então deitei a minha lindinha no sofá, me sentei em um tamborete ao lado das senhoras, endurecendo o coração em relação a elas enquanto ouvia o vento aumentando e uivando.

A Srta. Rosamond continuou dormindo, mesmo com o barulho de todo aquele vento soprando, e a Srta. Furnivall não disse uma palavra, nem se virou para olhar quando as rajadas sacudiram as janelas. Mas de repente se ergueu por completo e levantou uma das mãos, como se nos mandasse escutar.

— Ouço vozes! — disse. — Ouço gritos terríveis! Ouço a voz do meu pai!

Nesse exato momento a minha queridinha despertou num sobressalto:

— A minha garotinha está chorando; ai, como está chorando! — e tentou levantar-se para ir até ela, mas os seus pés se enroscaram na coberta e a segurei, pois havia começado a me arrepiar com aqueles sons que elas ouviam e nós não. Mas em um ou dois minutos os sons surgiram, se juntaram rapidamente e encheram os nossos ouvidos; também nós ouvimos vozes e gritos, e não mais o enfurecido vento invernal lá fora. A Sra. Stark olhou para mim, e eu para ela, mas não nos atrevemos a falar. De repente a Srta. Furnivall se dirigiu à porta, saiu para a antessala, passou pelo corredor da ala oeste e abriu a porta do grande vestíbulo. A Sra. Stark a seguiu e não me atrevi a ser deixada para trás, embora o meu coração tivesse quase parado de bater de tanto medo. Envolvi a minha querida com os braços, segurando firme, e segui com ela. Os gritos eram ainda mais fortes no vestíbulo; davam a impressão de vir da ala leste, cada vez mais próxima, perto das portas trancadas — bem detrás delas. Então percebi que o grande candelabro de bronze parecia estar todo aceso, embora o vestíbulo estivesse na penumbra, e que havia fogo ardendo na imensa lareira, mas não gerava nenhum calor. Estremeci de terror, e abracei a minha querida com mais força. Mas enquanto eu fazia isso a porta da ala leste foi sacudida, e ela, começando imediatamente a lutar para se livrar de mim, gritou:

— Hester! Eu tenho de ir! A minha menininha está lá, posso ouvi-la. Ela está vindo! Hester, eu tenho de ir!

Segurei-a com todas as minhas forças, com uma determinação absoluta. Tão resolvida eu estava a detê-la que, se tivesse morrido, continuaria abraçada a ela. A Srta. Furnivall escutava, parada, sem prestar nenhuma atenção a minha querida, que conseguira descer ao chão, e eu, agora de joelhos, abraçava-a pelo pescoço; ela continuava chorando e lutando para se soltar.

Então a porta da ala leste cedeu de súbito, com um estrondo aterrador, como se fosse quebrada por uma fúria enorme, e a figura de um homem velho, alto, com cabelo grisalho e olhos cintilantes surgiu naquela luz clara e misteriosa. Empurrava diante de si, com impiedosos gestos de desprezo, uma mulher altiva e bela, com uma menininha agarrada ao seu vestido.

— Ó, Hester! Hester! — exclamou a Srta. Rosamond. — É a senhora! A senhora que estava sob os azevinhos; e a minha menininha está com ela. Hester! Hester! Deixe-me ir até ela; estão chamando-me. Eu as sinto... sinto. Preciso ir!

Ela estava à beira de um acesso com os esforços que fazia para se soltar; porém, eu a segurava cada vez mais forte, até ficar com medo de machucá-la; mas antes isso que a deixar ir com aqueles fantasmas terríveis. Eles seguiram em frente, até a grande porta do vestíbulo, onde os ventos uivavam, vorazes pela sua presa; mas, antes que chegassem lá, a mulher se virou e pude ver que desafiava o velho com um desprezo feroz e altivo. Porém, depois começou a tremer e levantou os braços, em um gesto desesperado e comovedor para salvar a sua menina, a sua menininha, de um golpe da muleta que ele erguera.

E a Srta. Rosamond estava tomada por uma força maior que a minha, e se contorcia nos meus braços, soluçando — a essa altura a pobrezinha já estava quase desmaiando.

— Querem que eu vá com elas para as colinas... estão atraindo-me para elas. Ai, minha menininha! Eu iria, mas essa Hester cruel e malvada está segurando-me com muita força!

Mas, quando ela viu a muleta erguida, desmaiou, e agradeci a Deus por isso. Justo nesse momento, quando o velho alto, com o cabelo ondulando como se agitado pelo sopro de uma fornalha, ia bater na menina encolhida e trêmula, a Srta. Furnivall, a idosa que estava ao meu lado, gritou:

— Ó, pai! Pai! Poupe essa criança inocente!

E nesse momento vi, todos vimos, outro fantasma tomando forma e se tornando claro na luz azulada e nebulosa que enchia o vestíbulo; não o havíamos visto até então, pois era outra dama que estava de pé ao lado do ancião, com uma expressão de ódio implacável e desprezo triunfante. Era uma figura muito bonita, com um chapéu branco e macio inclinado sobre a testa altiva e lábios vermelhos retorcidos. Usava um vestido azul aberto na frente. Eu já havia visto aquela imagem: era o retrato da Srta. Furnivall na sua juventude. E os terríveis fantasmas avançaram, indiferentes à súplica desesperada da idosa Srta. Furnivall; a muleta erguida caiu sobre o ombro direito da menininha, e a irmã mais nova apenas olhava, fria e mortalmente calma. Mas nesse momento as luzes sombrias e o fogo que não gerava calor se apagaram sozinhos, e a Srta. Furnivall caiu aos nossos pés, fulminada pela paralisia — golpeada pela morte.

Sim! Ela foi carregada para sua cama aquela noite e nunca mais se levantou. Ficou deitada com o rosto voltado para a parede, murmurando em voz baixa, mas ininterruptamente:

— Ai! Ai! O que é feito na juventude não pode ser desfeito na velhice! O que é feito na juventude não pode ser desfeito na velhice!

A MÃO PARDA

SIR ARTHUR CONAN DOYLE

Todos sabem que *Sir* Dominick Holden, o famoso cirurgião indiano, me fez seu herdeiro, e que a sua morte me transformou em um homem rico; de uma hora para a outra deixei de ser alguém que trabalhava duro, um médico sem recursos, para me tornar um próspero proprietário de terras. Muitos sabem também que havia pelo menos cinco pessoas entre mim e essa herança, e que a escolha de *Sir* Dominick pareceu ser arbitrária e tomada por capricho. Posso garantir, entretanto, que eles estão muito enganados, e que, embora eu só tenha conhecido *Sir* Dominick nos últimos anos de sua vida, havia, ainda assim, motivos muito reais para que ele mostrasse sua benevolência para comigo. Na realidade, embora seja eu a dizê-lo, nenhum homem nunca fez mais por outro do que eu fiz pelo meu tio indiano. Não posso esperar que acreditem na história, mas ela é tão extraordinária

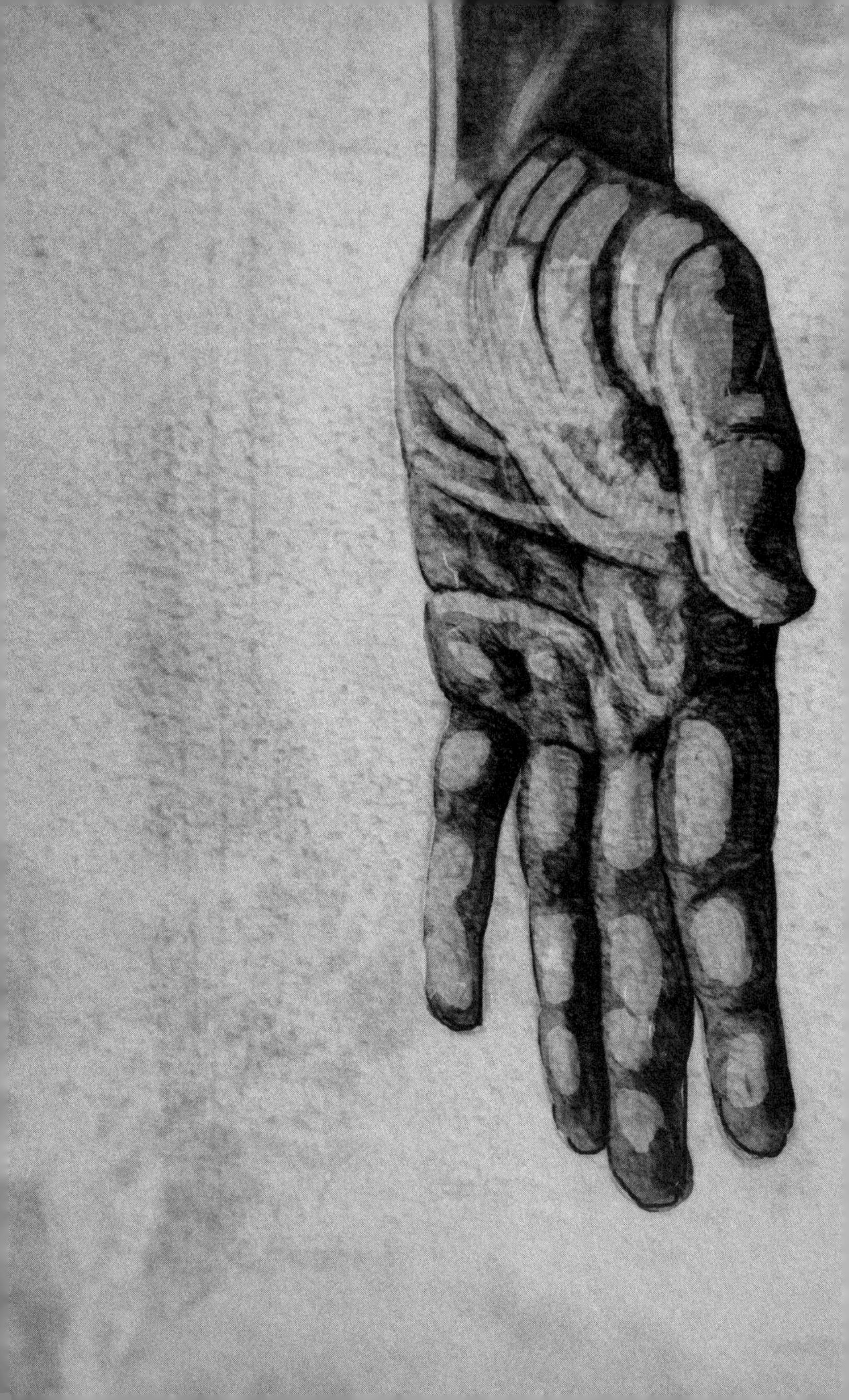

que eu sentiria estar falhando em meu dever se não a registrasse. Então aqui está; acreditar ou não fica por conta de cada um.

Sir Dominick Holden, bacharel em cirurgia, cavaleiro da Ordem da Estrela da Índia entre outras coisas, era o mais ilustre cirurgião indiano da sua época. Inicialmente militar, depois se estabeleceu em Bombaim para atender civis, e visitou toda a Índia como consultor. O seu nome é ainda mais lembrado pela ligação com o Hospital Oriental, que ele fundou e manteve. Entretanto, chegou um momento em que a sua constituição de ferro começou a mostrar os sinais do longo esforço a que ele se sujeitara, e os seus companheiros de profissão (talvez não completamente desinteressados) foram unânimes em recomendar que ele retornasse à Inglaterra. Ele resistiu o máximo que pôde, mas acabou desenvolvendo sintomas nervosos de caráter muito sério, e então voltou, debilitado, para a Inglaterra. Comprou nos limites da planície de Salisbury uma grande propriedade rural, com uma sede antiga, e dedicou sua velhice a estudar patologia comparada, cujo aprendizado havia sido o seu *hobby* a vida inteira, e na qual ele era a maior autoridade.

Como era de se esperar, nós, da família, estávamos muito animados com a notícia do retorno para a Inglaterra desse tio rico e sem filhos. Quanto a ele, ainda que sem grande entusiasmo na hospitalidade, mostrou alguma noção de dever em relação aos seus parentes, e todos nós recebemos, alternadamente, convite para visitá-lo. Pelos relatos dos meus primos, parecia ser uma atividade melancólica, e foi com sentimentos misturados que afinal recebi a convocação para ir a Rodenhurst. A minha esposa foi tão cuidadosamente excluída do convite que o meu primeiro impulso foi de recusar, mas os interesses das crianças tinham de ser considerados e, então, com o consentimento dela, parti numa tarde de outubro para a visita a Wiltshire, sem pensar muito no que isso poderia acarretar.

A propriedade do meu tio ficava onde a terra cultivável das planícies começa a se elevar, indo para as características colinas arredondadas e férteis da região. Enquanto seguia da estação Dinton para lá, à luz suave daquele dia de outono, fiquei impressionado com a natureza misteriosa do cenário. As poucas e espalhadas casas de camponeses eram tão diminuídas pelas amplas evidências de vida pré-histórica que o presente parecia ser um sonho, e o passado, a perturbadora e imperiosa realidade. A estrada serpenteava pelos vales formados por uma sucessão de colinas cobertas de relva. O cume de todas elas era cortado e esculpido em fortificações muito elaboradas, algumas circulares, algumas quadradas, mas todas em uma escala que havia desafiado os ventos e as chuvas de vários séculos. Alguns dizem que elas são romanas, outros, que são inglesas, mas a sua verdadeira origem e os motivos para essa área peculiar do país ser tão repleta de fortificações nunca foram completamente esclarecidos. Aqui e ali, nos longos e suaves declives verde-oliva, se erguiam pequenas covas ou túmulos.

Embaixo deles repousam as cinzas cremadas da raça que esculpiu tão profundamente as colinas, mas as suas tumbas não revelam nada — além de que um pote cheio de pó foi o que restou do homem que um dia trabalhou ali sob o sol.

Foi passando por essa região misteriosa que me aproximei da residência do meu tio em Rodenhurst — que estava, como logo descobri, em total harmonia com os seus arredores. Duas colunas quebradas e manchadas pelo tempo, com um brasão heráldico sobre cada uma, ladeavam a entrada para um caminho descuidado. Um vento frio zuniu pelos ulmeiros que ali se enfileiravam, e muitas folhas flutuaram no ar. No final do caminho, sob o sombrio arco de árvores, ardia uma única lamparina de luz amarela. Na sombria penumbra da noite que se aproximava, vi uma construção alongada e baixa, da qual saíam duas alas assimétricas, com beirais escuros, telhado inclinado de duas águas e paredes com vigas de madeira cruzadas, no estilo Tudor. Uma reconfortante luz de fogo tremulava atrás da larga janela de treliça à esquerda da porta da varanda baixa. Ali ficava o escritório do meu tio, como logo constatei, pois para lá fui guiado pelo seu mordomo para conhecer o anfitrião.

Ele estava curvado sobre a lareira, tiritando com o frio úmido do outono inglês. Com a lâmpada apagada, só vi o brilho vermelho das brasas sobre um rosto largo, de traços marcados, com nariz e bochechas de indiano e sulcos e rugas profundos dos olhos até o queixo; marcas sinistras de fogos vulcânicos ocultos.

Ele se endireitou quando me viu entrar, com um toque da cortesia do Velho Mundo, e me deu calorosas boas-vindas a Rodenhurst. Naquele momento pude perceber — uma lâmpada acesa foi levada para o aposento — que dois olhos críticos, azuis-claros, me olhavam por baixo de sobrancelhas espessas, como observadores escondidos em um arbusto; meu tio distante estava decifrando cuidadosamente a minha personalidade, com a facilidade de um observador com muita prática e de um experiente homem do mundo.

Quanto a mim, olhei para ele... e voltei a olhar, pois nunca havia visto um homem cuja aparência pudesse atrair mais a atenção de alguém. O corpo tinha a estrutura de um gigante, mas que havia definhado de modo tal que o seu casaco pendia de uma forma horrível dos ombros largos e ossudos. Todos os seus membros eram muito grandes, embora emagrecidos, e eu não conseguia afastar o olhar dos pulsos nodosos e das mãos longas e enrugadas. Porém, os olhos penetrantes e azuis-claros eram o mais impressionante de todos os seus traços. Não apenas pela cor, nem pelo esconderijo de sobrancelhas sob o qual espreitavam, mas pela expressão que eu percebia neles. Como a aparência e a conduta daquele homem eram imponentes, seria de se esperar certa arrogância nos seus olhos; mas em vez disso descobri o olhar de uma alma amedrontada e subjugada, o olhar furtivo e expectante de um cão que vê o dono pegar o chicote na prateleira. Um só relance para aqueles olhos, a um só tempo críticos e suplicantes, bastou para formar o meu diagnostico médico. Julguei que ele havia sido acometido por alguma enfermidade mortal, sabia estar sujeito a uma morte repentina e vivia aterrorizado com tal perspectiva. Essa foi a minha avaliação — equivocada, como os acontecimentos acabaram demonstrando. Só menciono isso porque talvez possa ajudar a compreender a expressão que vi nos olhos do meu tio.

A acolhida que ele me deu foi, como já disse, amável, e em cerca de uma hora me vi sentado, entre ele e a esposa, em um prazeroso jantar com iguarias curiosas e condimentadas sobre a mesa e um discreto e atento serviçal oriental a postos atrás da cadeira do meu tio. Aquele casal idoso havia alcançado a trágica imitação da aurora da vida, quando marido e mulher, depois de perder ou deixar para trás todos os familiares ou amigos íntimos, se encontram de novo cara a cara e sozinhos, trabalho cumprido, e o fim se aproximando rapidamente. As pessoas que alcançam esse estágio com delicadeza e amor, que conseguem transformar o seu inverno em um verão indiano suave, são as vencedoras da prova da vida. *Lady* Holden era uma mulher pequena, alerta, de olhar bondoso, e a sua expressão quando se dirigia ao marido era um certificado do seu caráter. Entretanto, mesmo vendo o amor mútuo em seus olhares, percebi também um horror compartilhado, e reconheci no rosto dela alguns reflexos do medo oculto que vira no rosto do marido. A sua conversa era às vezes alegre, outras, triste, mas havia algo de forçado na alegria e de natural na tristeza, fazendo-me concluir que dois corações abatidos batiam ao meu lado.

Estávamos sentados tomando a nossa primeira taça de vinho e os criados já haviam deixado a sala quando a conversa tomou um rumo novo, que gerou um efeito extraordinário e singular sobre os meus anfitriões. Não me recordo o que trouxe à tona o tema do sobrenatural, mas ao final me vi explicando que fatos incomuns em experiências psíquicas eram um assunto ao qual eu — assim como muitos neurologistas — devotava muita atenção. Concluí narrando a experiência que tivera quando, como integrante da Sociedade de Pesquisas Psíquicas, fiz parte de uma comissão de três pessoas que foi passar uma noite em uma casa mal-assombrada. A nossa aventura acabou não sendo nem emocionante nem convincente, mas mesmo assim a história pareceu interessar incrivelmente a meus ouvintes. Eles escutaram em um silêncio ansioso, e percebi um olhar cúmplice entre eles, cujo significado não compreendi. Logo depois, *Lady* Holden se levantou e saiu da sala.

Sir Dominick empurrou a caixa de charutos na minha direção e fumamos em silêncio por alguns momentos. Aquela mão enorme e magra tremia quando ele levava o charuto aos lábios, e senti que os nervos do meu tio estavam vibrando como as cordas de um violino. O meu instinto me dizia que ele estava prestes a me fazer uma confidência muito íntima, e eu não quis falar nada para não atrapalhar. Afinal ele se virou para mim, com um gesto repentino como o de um homem que de repente entrega os pontos.

— Dr. Hardacre, pelo pouco que já pude perceber — disse ele —, parece-me que você é exatamente a pessoa que eu queria conhecer.

— Fico muito feliz em ouvir isso, senhor.

— Você parece ter uma mente tranquila e firme. Não tome isso como uma tentativa de bajulá-lo, pois as circunstâncias são sérias demais para dar margem a falsidades. Você tem um relativo conhecimento sobre esse assunto, e é evidente que o encara de um ponto de vista filosófico que o livra do terror usual. Imagino que não ficaria transtornado se visse uma aparição, estou certo?

— Acho que não, senhor.

— Talvez isso até lhe interessasse...

— Muitíssimo.

— Como observador psíquico, você provavelmente estudaria essa aparição de um modo tão impessoal como o de um astrônomo que investiga um cometa errante, certo?

— Exato.

Ele suspirou profundamente.

— Acredite em mim, Dr. Hardacre, houve um tempo em que eu poderia ter respondido da mesma forma. A minha coragem era famosa na Índia. Nem mesmo o Grande Motim a abalou, sequer por um instante. Entretanto, veja só a que fui reduzido: talvez o homem mais temeroso de todo o condado de Wiltshire. Não seja muito desafiador no que tange às aparições, ou pode acabar sendo submetido a uma provação tão prolongada como a minha... Uma provação que só pode acabar em dois destinos: o manicômio ou a tumba.

Esperei pacientemente até que ele se sentisse disposto a seguir adiante em sua confidência. Desnecessário dizer que aquele preâmbulo havia despertado em mim enorme interesse e expectativa.

— Há muitos anos eu e a minha esposa vimos a nossa vida se transformar em um pesadelo — continuou ele —, devido a algo tão grotesco que beira o ridículo. E a familiaridade não tornou o fardo mais suportável; pelo contrário, com o passar do tempo os meus nervos foram ficando cada vez mais esgotados e abalados. Se você não tem temores naturais, Dr. Hardacre, eu gostaria enormemente de saber a sua opinião sobre esse fenômeno que tanto nos perturba.

— Estou ao seu dispor, se puder ajudar. Posso perguntar qual a natureza do fenômeno?

— Creio que a sua experiência terá mais valor evidencial se não souber antecipadamente com o que pode deparar-se. Você conhece as artimanhas da atividade mental inconsciente e as impressões subjetivas de que um homem de ciência cético pode valer-se para colocar em dúvida o próprio testemunho. Seria bom prevenir-se antecipadamente contra isso.

— O que devo fazer, então?

— Vou dizer. Você poderia vir comigo?

Ele me conduziu para fora da sala de jantar e seguimos por um longo corredor, até que chegamos à última porta. Atrás dela havia uma sala grande e quase sem mobília, equipada como um laboratório, com inúmeros instrumentos científicos e garrafas. Em uma das paredes havia uma prateleira de fora a fora, sobre a qual se estendia uma longa fileira de potes de vidro com amostras patológicas e anatômicas.

— Como pode ver, ainda me interesso por alguns dos meus estudos antigos — disse *Sir* Dominick. — Esses potes são os restos daquilo que um dia foi uma coleção fantástica; infelizmente perdi a maior parte dela quando a minha casa em Bombaim pegou fogo, em noventa e dois. Foi um incidente terrível para mim, em mais de um sentido. Eu tinha amostras de muitos casos raros, e a minha coleção de baços provavelmente era única. Só restou isso.

Dei uma olhada na coleção e vi que realmente era de enorme valor e muito rara do ponto de vista patológico: órgãos inchados, quistos abertos, ossos deformados, parasitas repulsivos — uma exibição singular dos produtos da Índia.

— Como você pode ver, há um sofá aqui — disse meu anfitrião. — Não tínhamos a menor intenção de oferecer uma acomodação tão rústica a um hóspede, mas, como as coisas tomaram esse rumo, seria uma grande gentileza da sua parte se você concordasse em passar a noite neste aposento. Se essa ideia lhe for de alguma forma repulsiva, imploro que não hesite em me dizer.

— De forma alguma — respondi. — É plenamente satisfatório.

— O meu quarto é o segundo do lado esquerdo, então, se você sentir que precisa de companhia, basta chamar e logo estarei ao seu lado.

— Tenho certeza de que não serei forçado a incomodá-lo.

— É pouco provável que eu esteja dormindo. Não durmo muito. Não hesite em me chamar.

Feito esse acordo, nos juntamos a *Lady* Holden na sala de visitas e conversamos sobre assuntos mais amenos.

Eu não estaria mentindo se dissesse que a perspectiva da minha aventura noturna me agradava. Não digo que tenha um valor físico maior que o dos outros, mas a familiaridade com um assunto faz que desapareçam os temores vagos e indefinidos que tanto amedrontam as mentes imaginativas. O cérebro humano só é capaz de enfrentar uma emoção forte por vez, e, se estiver repleto de curiosidade ou de entusiasmo científico, não sobra espaço para o medo. É verdade que o meu tio me havia afirmado que um dia já tivera esse ponto de vista, mas ponderei que talvez o colapso do seu sistema nervoso se devesse aos quarenta anos de Índia, e também a alguma experiência sobrenatural que tivera de enfrentar. Quanto a mim, era um homem de nervos e mente sãos, e foi com a mesma agradável sensação de expectativa com que o esportista assume sua posição para abater sua caça que fechei a porta do laboratório e me deitei parcialmente vestido no sofá, que estava coberto por uma manta.

Aquele não era o ambiente ideal para um quarto de dormir. O ar era carregado devido a muitos odores químicos, principalmente o de álcool metílico. A decoração do aposento também não era um bom calmante. A horrível fileira de potes de vidro com relíquias de doenças e padecimentos se estendia diante dos meus olhos. A janela não tinha cortina, e a lua em quarto minguante lançava a sua luz no laboratório, traçando um quadrado prateado com os desenhos da treliça. Quando a vela terminou de queimar, esse único ponto luminoso no meio da escuridão geral assumiu um aspecto lúgubre e inquietante. Um silêncio pétreo e absoluto dominava a casa antiga, de tal maneira que o ruído baixinho dos ramos de plantas no jardim chegava, calmo e suave, aos meus ouvidos. Pode ter sido devido à hipnótica canção de ninar desse sussurro brando ou ao meu dia cansativo, mas, depois de muito cabecear e me esforçar para recuperar a clareza de sentidos, acabei caindo em um sono profundo e sem sonhos.

Fui acordado por um barulho no aposento, e imediatamente ergui o corpo, apoiando-me sobre o cotovelo. Algumas horas haviam-se passado, pois a mancha quadrada sobre a parede se movera para baixo e para o lado, até incidir sobre a ponta da minha cama. O resto do quarto estava em total escuridão. A princípio não consegui ver nada, mas em pouco tempo, à medida que os meus olhos iam acostumando-se à luz débil, percebi, com um estremecimento que nem toda a minha curiosidade científica poderia evitar por completo, que algo estava movendo-se lentamente ao longo da fileira na parede. Um ruído suave, como o de pés se arrastando com chinelos macios, chegou a meus ouvidos, e divisei vagamente uma figura humana avançando de maneira furtiva desde a porta. Quando ela entrou no raio de luz, vi com muita clareza do que se tratava e a que se dedicava. Era um homem baixo e atarracado, vestido com um tipo de toga cinza--chumbo, que descia desde os ombros até os pés. A lua incidiu sobre um lado do seu rosto, e vi que ele era cor de chocolate e tinha uma bola de cabelo preto na parte posterior da cabeça, como o coque de uma mulher. Caminhava devagar, e os seus olhos estavam voltados para cima, para a fileira de potes que continham aqueles repulsivos resíduos humanos. Parecia examinar cada pote com atenção, e depois passar ao seguinte. Quando chegou ao final da prateleira, bem em frente à minha cama, ele parou, me encarou, ergueu as mãos com um gesto de desespero e desapareceu.

Eu disse que ele ergueu as mãos, mas deveria ter dito "os braços", pois quando ele adotou aquela postura de desespero observei uma particularidade singular em sua aparência: ele só tinha uma das mãos! Quando as mangas da sua toga desceram pelos braços levantados pude ver claramente a mão esquerda, mas o braço direito terminava em um coto arredondado e de má aparência. À parte isso, tudo nele era tão natural, e eu o havia visto e ouvido com tanta clareza, que poderia facilmente ter acreditando que era um serviçal indiano de *Sir* Dominick entrando no aposento em busca de algo. Só fui levado a pensar em algo mais sinistro devido ao seu desaparecimento súbito. Então pulei da cama, acendi uma vela e examinei o quarto inteiro com cuidado. Não encontrei sinal algum do meu visitante, portanto fui forçado a concluir que a sua aparição de fato fora algo alheio às leis ordinárias da natureza. Permaneci acordado pelo resto da noite, mas não aconteceu mais nada perturbador.

Eu sou madrugador, mas o meu tio acordara ainda mais cedo, pois o encontrei andando de um lado para o outro no gramado ao lado da casa. Quando me viu saindo pela porta, correu em minha direção ansiosamente.

— E então? — exclamou. — Você o viu?
— Um indiano com apenas uma mão?
— Exatamente.
— Sim, o vi.

Contei-lhe tudo que havia acontecido. Quando terminei, ele me levou até a sua sala de estudos.

— Temos algum tempo antes do café da manhã — disse ele. — Será o bastante para lhe dar uma explicação sobre esse caso extraordinário... até onde se pode explicar o que é essencialmente inexplicável. Em primeiro lugar, quando lhe digo que há quatro anos não passo uma única noite, nem em Bombaim, nem a bordo do navio nem na Inglaterra sem ter o sono interrompido por esse sujeito, você entenderá o motivo pelo qual hoje sou a sombra do homem que já fui. O programa dele é sempre o mesmo. Aparece ao lado da minha cama, me chacoalha bruscamente pelo ombro, passa do meu quarto para o laboratório, anda devagar ao longo da prateleira com os potes e depois desaparece. Há mais de mil noites ele segue a mesma rotina.

— O que ele quer?
— A mão dele.
— A mão dele?
— Sim, foi assim que tudo começou. Cerca de dez anos atrás, fui chamado a Peshawur para uma consulta. Enquanto estava lá, me pediram para examinar a mão de um nativo que passava pela cidade em uma caravana de afeganes. O homem vinha de uma tribo das montanhas, vivia no fim do mundo, em algum lugar do outro lado do Kafiristão. Falava uma derivação do pashto iraniano, e me custou muito entendê-lo. Sofria de inchaço sarcomatoso em uma das articulações do metacarpo, e o fiz compreender que só poderia ter esperança de sobreviver se perdesse a mão. Depois de muita argumentação, ele consentiu em ser operado; quando a operação terminou, me perguntou quanto eu cobraria. O pobre homem era quase um mendigo, então seria absurdo cobrar; mas respondi, brincando, que ficaria com a sua mão como pagamento, e que tencionava colocá-la na minha coleção patológica.

"Para o meu grande espanto, ele se opôs fortemente à minha ideia. Explicou que, de acordo com a sua religião, era de suprema importância que o corpo inteiro fosse reunido depois da morte, formando assim a morada perfeita para o espírito. Essa crença é, naturalmente, muito antiga, e foi uma superstição semelhante que deu origem às múmias no Egito. Respondi que a sua mão já havia sido retirada, e lhe perguntei como pretendia conservá-la. Ele falou que a conservaria em sal e a carregaria sempre consigo.

Sugeri que ela estaria mais segura comigo, pois tinha melhores maneiras de conservá-la que em sal. Ao perceber que eu de fato pretendia conservá-la com cuidado, a sua resistência se desvaneceu. 'Mas lembre-se, *sahib*, que vou querê-la de volta quando morrer', disse ele. Ri com aquele comentário, e assim terminou o assunto. Retornei à minha clínica e no devido tempo ele pôde continuar a sua viagem para o Afeganistão.

"Bem, como eu lhe disse na noite passada, houve um incêndio terrível na minha casa em Bombaim. Metade dela foi consumida pelo fogo, e, assim como outras coisas, a minha coleção patológica foi quase toda destruída. O que você viu são os pobres restos dela. A mão do montanhês também se foi, mas não dei muita atenção à questão na época. Isso aconteceu seis anos atrás.

"Há quatro anos, dois depois do incêndio, fui despertado uma noite por um puxão furioso na manga do meu pijama. Sentei-me na cama, com a impressão de que o meu mastim favorito estava tentando acordar-me. Em vez disso, vi o paciente indiano que atendera no passado, vestido com a túnica longa e cinza característica da sua tribo. Ele ergueu o coto do braço e me lançou um olhar de reprovação. Depois caminhou até os potes, que naquela época eu guardava no meu quarto, e os examinou com cuidado; então fez um gesto raivoso e desapareceu. Compreendi que ele acabara de morrer e havia vindo cobrar a promessa que eu lhe fizera de conservar o seu membro amputado em segurança.

"Bem... isso é tudo, Dr. Hardacre. Essa cena tem-se repetido nos últimos quatro anos, todas as noites, na mesma hora. É algo até simples, mas que vem desgastando-me como água mole em pedra dura. Passei a ter uma insônia terrível, pois a expectativa da sua aparição faz que eu não consiga dormir. Isso envenenou a minha velhice e a da minha esposa, que compartilhou comigo esse grande problema. Mas eis o sinal para o café da manhã, e ela deve estar esperando ansiosa para saber o que lhe aconteceu esta noite. Estamos, ambos, em dívida com você pelo seu cavalheirismo, pois compartilhar o nosso infortúnio com um amigo, ainda que apenas por uma noite, faz com que ele se torne um pouco menos pesado... e que voltemos a acreditar na nossa sanidade mental, da qual por vezes duvidamos."

Essa foi a curiosa história que *Sir* Dominick me confiou; um relato que para muitos teria soado como algo grotesco e impossível, mas que, com a experiência na noite anterior e o meu conhecimento prévio sobre o assunto, eu estava preparado para aceitar como fato concreto. Pensei muito sobre o assunto, e o analisei à luz de tudo que já havia lido e vivenciado. Depois do café da manhã, surpreendi os meus anfitriões ao comunicar que retornaria a Londres no primeiro trem.

— Meu querido doutor — exclamou *Sir* Dominick, muito aflito —, você me faz sentir que faltei enormemente em minha hospitalidade colocando-o no meio desse assunto desafortunado. Eu deveria ter suportado sozinho a minha pena.

— Na realidade, é esse o assunto que me leva a Londres — respondi. — Mas lhe asseguro que é um equívoco pensar que a experiência da noite passada foi um incômodo para mim. Pelo contrário, já ia pedir-lhes permissão para retornar ao anoitecer e passar mais uma noite no laboratório. Mal posso esperar para voltar a ver aquele visitante.

O meu tio estava extremamente ansioso para saber o que eu ia fazer, mas o meu medo de despertar falsas esperanças me impediu de lhe contar. Um pouco depois do almoço já estava de volta ao meu consultório, confirmando o que a minha memória registrara de uma passagem que me chamara a atenção em um livro recente sobre ocultismo. "No caso de espíritos presos à Terra", dizia a autoridade no assunto, "a existência de uma ideia obsessiva na hora da morte é o suficiente para retê-los neste mundo material. Eles são como anfíbios, capazes de transitar entre a vida neste plano e no seguinte assim como uma tartaruga passa da terra para o mar. Qualquer emoção forte pode ser o motivo que prende tão fortemente uma alma à vida que o seu corpo já abandonou. Sabe-se que avareza, vingança, ansiedade, amor e piedade geram esse efeito. De forma geral, isso surge de algum anseio não realizado, e, quando ele se cumpre, o elo com o material se rompe. Muitos casos registrados exibem a singular persistência desses visitantes, e também o seu desaparecimento quando conseguem realizar seu anseio ou, algumas vezes, quando se encontra uma solução conciliatória razoável para o problema".

"Uma solução conciliatória." Essas eram as palavras que eu havia remoído a manhã inteira, e que agora verificara no texto original. No caso em questão não havia como fazer a reparação real... mas uma solução conciliatória, sim! Fui o mais rápido que consegui, de trem, para o Hospital dos Marinheiros de Shadwell, onde o meu velho amigo Jack Hewett trabalhava como cirurgião. Sem explicar a situação, fiz que ele compreendesse do que eu precisava.

— A mão de um homem pardo! — disse ele, espantado. — E para que você pode querer isso?

— Não importa. Algum dia lhe contarei. Sei que as suas enfermarias estão cheias de indianos.

— Creio que sim. Mas uma mão...

Ele pensou um pouco e então fez soar uma campainha.

— Travers — disse ele ao assistente de cirurgia —, o que foi feito das mãos daquele lascarim que amputamos ontem? Aquele sujeito do estaleiro de produtos do leste da Índia que foi atingido pelo guincho a vapor.

— Estão na sala de necropsia, senhor.

— Envolva uma delas em compressas antissépticas e entregue ao Dr. Hardacre.

E então me vi de volta a Rodenhurst antes do jantar, com esse curioso produto do meu dia na cidade. Continuei sem contar meu plano para *Sir* Dominick, mas aquela noite dormi no laboratório e coloquei a mão do lascarim em um dos potes de vidro, na ponta do meu sofá.

Eu estava tão interessado no resultado do meu experimento que nem cogitei dormir. Sentei-me, deixei um abajur ao meu lado e esperei pacientemente pelo visitante. Dessa vez o vi com clareza desde o início. Surgiu junto à porta, a princípio nebuloso, e logo os seus contornos se fortaleceram, ficando precisos como os de um homem vivo. As sapatilhas que apareciam sob a ponta da túnica cinza eram vermelhas e não tinham nenhum salto, o que explicava o ruído suave, de arrastamento, que ele fazia ao andar. Assim como na noite anterior, ele caminhou lentamente diante da fileira de potes na prateleira, até parar em frente ao que continha a mão. Alcançou-o, o corpo todo tremendo de expectativa, trouxe o pote para baixo, examinou-o avidamente e então, com o rosto contorcido de fúria e desapontamento, lançou-o no chão. O estrondo ecoou por toda a casa, e quando voltei a olhar para cima o indiano mutilado havia desaparecido. No instante seguinte a porta se abriu de chofre e *Sir* Dominick entrou correndo.

— Você está ferido? — exclamou.

— Não. Mas profundamente desapontado.

Atônito, ele olhou para os cacos de vidro e a mão parda espalhados no chão.

— Meu Deus! — exclamou. — O que é isso?

Contei-lhe a ideia que tivera e o seu resultado desastroso. Ele escutou atentamente e balançou a cabeça.

— Foi bem pensado — disse —, mas temo que não exista uma forma tão simples de acabar com o meu sofrimento. E agora devo insistir em uma coisa: você nunca mais, sob nenhum pretexto, deve ficar neste aposento. Quando ouvi o estrondo, achei que alguma coisa tivesse acontecido a você, e o medo que senti foi a mais intensa das agonias pelas quais já passei. Não vou deixar que isso volte a ocorrer.

Ele me permitiu, entretanto, passar o resto da noite onde estava, e me deitei ali, preocupado com aquele problema e lamentando o meu fracasso. A primeira luz da manhã iluminou a mão do lascarim, que continuava no chão, como lembrança do meu fiasco. Continuei deitado olhando para ela, e de repente uma ideia passou como uma bala pela minha cabeça e me fez pular da cama, trêmulo de tanta agitação. Ergui a horrível relíquia do lugar onde havia caído. Sim, era realmente o que eu pensara! A mão do lascarim era a esquerda.

Peguei o primeiro trem de volta para minha cidade e corri diretamente para o Hospital dos Marinheiros. Sabia que as duas mãos do lascarim haviam sido amputadas, mas me aterrorizava pensar que o órgão precioso que eu procurava já pudesse ter sido queimado no crematório. Logo o meu suspense acabou. A mão continuava na sala de necropsia. E, assim, retornei a Rodenhurst no final da tarde, com a minha missão cumprida e o material para uma nova tentativa.

Mas *Sir* Dominick Holden não quis sequer ouvir falar na possibilidade de que eu voltasse a dormir no laboratório. Fez ouvidos de mercador a todas as minhas súplicas. Aquilo ofendia a sua noção de hospitalidade e ele não poderia mais permitir. Assim sendo, deixei a mão em um pote, como havia feito na noite anterior com o seu par, e ocupei um quarto confortável em outra parte da casa, um pouco distante do cenário das minhas aventuras.

Mas apesar disso o meu sono não deixaria de ser interrompido naquela noite. No silêncio da madrugada o meu anfitrião irrompeu no quarto com uma lamparina na mão. O seu corpo alto e descarnado estava envolto em um robe largo, e o seu aspecto geral teria parecido mais assustador para um homem de nervos abalados que o do indiano da noite anterior. Mas o que mais me impressionou não foi a entrada súbita, e sim a sua expressão. Parecia que ele havia de repente rejuvenescido vinte anos, ou mais. Os olhos brilhavam, as feições eram radiantes, e ele ergueu uma das mãos acima da cabeça, em sinal de triunfo. Sentei-me, surpreso e sonolento, olhando para aquele visitante extraordinário. Mas logo as suas palavras fizeram o sono desaparecer dos meus olhos:

— Nós conseguimos! Obtivemos sucesso! — gritou ele. — Meu caro Hardacre, como eu poderia agradecer-lhe à altura por isso?

— Quer dizer que está tudo bem agora?

— Sim! E tive a certeza de que você não se incomodaria em ser acordado para receber uma notícia tão abençoada.

— Incomodar? É claro que não! Mas o senhor tem certeza disso?

— Não tenho nenhuma dúvida a respeito. Eu lhe devo, meu querido sobrinho, mais do que jamais devi a um homem antes, e mais do que jamais poderia imaginar dever. O que posso fazer para recompensá-lo? A Providência deve tê-lo enviado para cá em meu socorro. Você salvou tanto a minha razão como a minha vida, pois com mais seis meses assim eu acabaria ou em uma cela para loucos ou em um caixão. E a minha esposa... Ela estava consumindo-se diante dos meus olhos. Nunca acreditei que um ser humano pudesse livrar-me desse fardo.

Ele pegou a minha mão e apertou-a entre as suas.

— Foi apenas uma experiência, um fio de esperança... Mas o meu coração se enche de alegria em saber que teve sucesso. Porém, como o senhor sabe que tudo está bem agora? Viu alguma coisa?

Ele se sentou ao pé da minha cama.

— Vi o bastante — falou. — Já me convenceu de que não serei mais importunado. O que aconteceu é fácil de explicar. Você sabe que essa criatura sempre vinha a mim em uma hora determinada. Esta noite ele chegou nesse horário e me despertou com ainda mais violência do que de costume. Só posso supor que o desapontamento da noite anterior havia aumentado a intensidade da raiva que sentia de mim. Ele me olhou com fúria e depois seguiu a sua ronda habitual. Mas poucos minutos depois o vi retornar ao meu quarto, pela primeira vez desde que essa perseguição começou. Estava sorrindo. A luz pálida me permitiu ver o brilho dos seus dentes brancos. Ficou olhando-me, da ponta da cama, e então fez três vezes a saudação oriental que é um ritual de despedida. Na terceira vez que se inclinou, ergueu os braços acima da cabeça, e vi as suas *duas* mãos estendidas no ar. Depois ele desapareceu, e acredito que para sempre.

Foi essa curiosa experiência que me valeu o afeto e a gratidão do meu famoso tio, o célebre cirurgião indiano. A sua previsão se confirmou; ele nunca mais foi perturbado pelas visitas do montanhês, que não descansaria enquanto não encontrasse a mão perdida. *Sir* Dominick e *Lady* Holden tiveram uma velhice muito feliz, livre — até onde sei — de qualquer problema, e acabaram morrendo ambos durante a grande epidemia de gripe, com poucas semanas de diferença. Enquanto viveu, ele sempre recorreu a mim para se aconselhar sobre tudo que dizia respeito à vida inglesa, que ele conhecia tão pouco. Também o ajudei na compra e nas melhorias das suas propriedades rurais. Assim sendo, não foi uma grande surpresa para mim quando acabei sendo transformado, para total incompreensão de cinco primos exasperados, no intervalo de um dia, de aplicado médico de província a patriarca de uma família importante de Wiltshire. No final das contas, eu tenho motivos para abençoar a memória do homem da mão parda, e o dia em que tive a sorte de conseguir livrar Rodenhurst da sua indesejável presença.

GRAZ
DER STEIERMARK GESUCHT UND AUFGEFU...

O CONVIDADO DE DRÁCULA

BRAM STOKER

Quando nos preparávamos para começar o nosso passeio, o sol brilhava intensamente em Munique e o ar estava repleto da alegria do início do verão. Já estávamos prestes a partir, quando *Herr* Delbrück (o *maître d'hôtel* do Quatre Saisons, onde eu me hospedara) veio até a carruagem, sem nem colocar o chapéu, desejou-me um passeio agradável e, ainda com a mão no trinco da porta da carruagem, disse ao cocheiro:

— Lembre-se de voltar ao cair da noite. O céu parece estar limpo, porém esse gelo no vento do norte indica que pode cair uma tempestade repentina. Mas tenho certeza de que você não se atrasará — ele sorriu e acrescentou —, pois sabe que noite é a de hoje.

Johann respondeu com um enfático:

— *Ja, mein Herr*.

E, ajeitando o chapéu, partiu de imediato. Depois de sairmos da cidade eu lhe fiz um sinal para parar e falei:

— Diga-me, Johann, o que significa a noite de hoje?

Ele fez o sinal da cruz enquanto respondia, laconicamente:

— *Walpurgis Nacht*.

Então ele puxou seu relógio, um instrumento alemão de prata em estilo antigo, grande como um nabo, e olhou para ele com certa impaciência, franzindo as sobrancelhas e encolhendo os ombros. Percebi que essa era a sua maneira de protestar respeitosamente contra o atraso desnecessário e voltei a me afundar na carruagem, fazendo apenas um sinal para que prosseguisse. Ele partiu acelerado, como se quisesse recuperar o tempo perdido. De vez em quando os cavalos pareciam levantar a cabeça e farejar o ar, receosos. Nessas ocasiões eu em geral olhava ao redor, alarmado. A estrada estava bem deserta, pois atravessávamos um tipo de platô alto, varrido pelo vento. Enquanto seguíamos, vi um caminho aparentemente bem pouco usado e que descia para um vale pequeno e sinuoso. Parecia tão convidativo que, mesmo me arriscando a irritar Johann, lhe pedi que parasse — e, depois que ele o fez, falei que gostaria de descer por aquele caminho. Ele deu todo tipo de desculpas, fazendo o sinal da cruz com frequência enquanto falava. Isso aguçou a minha curiosidade, então lhe fiz várias perguntas. Ele respondia se esquivando, e olhava para o relógio com frequência, em sinal de protesto. No final eu lhe disse:

— Bem, Johann, eu quero descer por esse caminho. Não vou pedir-lhe para vir, se não é da sua vontade; tudo o que lhe peço é que me diga por que não quer ir.

Como resposta, ele pareceu ter-se atirado da boleia, de tão rápido que chegou ao chão. Então estendeu as mãos para mim, em um apelo, e me implorou para não ir. Havia apenas o suficiente de inglês, misturado com alemão, para me dar uma ideia do rumo de sua conversa. Parecia estar sempre a ponto de me dizer algo — algo cuja simples lembrança evidentemente o assustava; mas a cada vez ele se refreava e dizia, enquanto se persignava:

— *Walpurgis Nacht!*

Tentei argumentar com ele, mas é difícil argumentar com um homem quando não se conhece o seu idioma. Com certeza ele levava vantagem, pois mesmo que iniciasse sua fala em inglês, de um modo muito imperfeito e entrecortado, sempre acabava ficando agitado e partindo para sua língua natal — e cada vez que fazia isso olhava para o relógio. Então os cavalos começaram a ficar inquietos e farejar o ar. Diante disso, ele empalideceu muito e, olhando em torno assustado, deu um salto súbito para a frente, segurou os animais pelas rédeas e os guiou até cerca de seis metros mais adiante. Eu o segui e perguntei por que havia feito aquilo. Como resposta ele se persignou, apontou o local que havíamos deixado e levou a sua carruagem na direção da outra estrada; então indicou uma cruz e disse, primeiro em alemão, depois em inglês:

— Enterrou ele... ele que matar a si mesmo.

Lembrei-me do velho costume de enterrar suicidas em encruzilhadas.

— Ah! Entendi, um suicida. Que interessante!

Mas nada neste mundo poderia fazer-me compreender por que os cavalos estavam assustados.

Enquanto conversávamos, escutamos um som, algo entre um uivo e um latido. Era bem distante, mas os cavalos ficaram muito inquietos e Johann teve de se dedicar totalmente a acalmá-los. Estava pálido, e disse:

— Soa como um lobo... mas não há lobos aqui, agora.

— Não? — disse, questionando-o. — Já faz muito tempo que os lobos não ficam tão perto da cidade, não é?

— Muito, muito — respondeu ele —, na primavera e no verão; mas com a neve os lobos ficavam aqui até pouco tempo.

Enquanto ele afagava os cavalos e tentava acalmá-los, nuvens escuras vagavam rapidamente pelo céu. O sol foi embora e um sopro de vento frio pareceu passar por nós. Entretanto, foi apenas um sopro, mais um aviso que uma realidade, pois o sol logo voltou a brilhar. Johann olhou para o horizonte, erguendo a mão para proteger a vista, e falou:

— A tempestade de neve vem, não faltar muito.

Então ele voltou a olhar para o relógio e, segurando firmemente as rédeas — pois os cavalos pisoteavam o chão e agitavam a cabeça sem parar —, subiu para a boleia, como se quisesse dizer que havia chegado o momento de seguir a nossa viagem.

Eu estava um tanto obstinado, e não subi na carruagem.

— Conte-me sobre o lugar para onde esse caminho leva — falei, apontando para o vale.

Ele voltou a fazer o sinal da cruz e murmurou uma prece antes de responder:

— É profano.

— O que é profano? — indaguei.

— A aldeia.

— Então existe uma aldeia?

— Não, não. Ninguém mora lá, centenas de anos.

Minha curiosidade fora despertada:

— Mas você disse que havia uma aldeia.

— Havia.

— Onde ela fica?

Como consequência de minha pergunta, ele se lançou em uma longa história em alemão e inglês, tão misturados que quase não pude entender o que dizia, mas consegui deduzir aproximadamente que muito tempo antes, centenas de anos, pessoas haviam morrido lá e sido sepultadas em túmulos; e ouviam-se sons vindos da terra, e quando os túmulos foram abertos encontraram homens e mulheres cheios de vida, com a boca vermelha de sangue. Então, apressando-se a salvar a vida (sim, e a alma! — e aqui ele voltou a se persignar), os que restaram fugiram para outros lugares, onde os vivos viviam e os mortos eram apenas mortos, e não... não outra coisa. Evidentemente ele tinha medo de pronunciar as últimas palavras. À medida que seguia em sua narrativa, ficava mais e mais agitado. Parecia que a imaginação havia tomado conta dele, e acabou no mais puro paroxismo do terror: rosto lívido, transpirando, tremendo e olhando ao redor, como se esperasse que alguma presença horrível fosse manifestar-se ali à luz do sol, na planície aberta. Finalmente, em uma agonia desesperada, exclamou:

— *Walpurgis Nacht!* — e apontou para a carruagem, querendo que eu subisse nela. O meu sangue inglês se rebelou diante disso e, recuando, eu disse:

— Você está com medo, Johann... está com medo. Vá para casa. Eu voltarei sozinho, a caminhada me fará bem.

A porta da carruagem estava aberta. Peguei no assento a bengala de carvalho que sempre levo nas minhas viagens e fechei a porta. Apontei na direção de Munique e disse:

— Vá para casa, Johann. A *Walpurgis Nacht* não afeta os ingleses.

Os cavalos estavam mais inquietos que nunca, e enquanto tentava segurá-los Johann me implorava, nervoso, para não fazer algo tão imprudente. Tive pena do pobre homem, que levava aquilo muito a sério, mas ao mesmo tempo não pude evitar o riso. Em sua ansiedade, Johann se esquecera de que a única forma de me fazer entendê-lo era falar meu idioma; agora já deixara o inglês de lado e tagarelava no seu alemão nativo. Começava a ser um pouco tedioso. Depois de lhe indicar um rumo — Casa! —, voltei-me para descer pelo desvio que levava ao vale.

Com um gesto de desespero, Johann virou os cavalos na direção de Munique. Apoiei-me na bengala e olhei na sua direção. Ele seguiu pela estrada, lentamente, por algum tempo; então surgiu no topo da colina um homem alto e magro. Devido à distância, eu não conseguia vê-lo com clareza. Quando se aproximou dos cavalos, eles começaram a empinar e bater as patas no solo, depois a relinchar, aterrorizados. Johann não conseguiu mais controlá-los; saíram correndo pela estrada, fugindo enlouquecidamente. Observei-os até sumirem de vista; depois procurei pelo estranho, mas descobri que ele também se fora.

Com o coração leve, desci pelo caminho secundário que levava ao vale profundo que Johann tanto temia. Não havia o menor motivo, até onde eu podia ver, para evitá-lo; e suponho ter caminhado por cerca de duas horas sem pensar em tempo ou em distância, e com certeza sem ver uma pessoa ou uma casa. O lugar era um deserto total. Mas não me dei conta disso até que, fazendo uma curva na estrada, alcancei a borda de uma floresta. Então percebi que, inconscientemente, eu me havia impressionado com a desolação da região pela qual passara.

Sentei para descansar e comecei a olhar a meu redor. Impressionou-me perceber que estava muito mais frio que no começo da minha caminhada. Um ruído sussurrante parecia rodear-me, e de quando em quando se ouvia, bem no alto, um tipo de rugido abafado. Olhei para cima e vi que nuvens grandes e pesadas corriam rapidamente pelo céu, do norte para o sul, a uma altura enorme. Eram os sinais de uma tempestade se aproximando em alguma camada alta do ar. Senti frio e, pensando que isso se devia a ficar sentado, parado, depois do exercício da caminhada, retomei a jornada.

A área pela qual eu passava naquele momento era muito pitoresca. Não havia nada especialmente notável, que pudesse atrair o olhar, mas o encanto da beleza estava em tudo. Não prestei muita atenção no tempo, e apenas quando o crepúsculo se intensificou sobre mim comecei a pensar em como encontrar o caminho de volta ao hotel. A claridade do dia havia desaparecido. O ar estava frio, e o vagar das nuvens lá no alto, mais evidente. Elas eram acompanhadas por um tipo de som acelerado e distante, em meio ao qual parecia vir de tempos em tempos aquele uivo misterioso que o cocheiro dissera não ser de um lobo. Hesitei por um momento. Eu havia dito que veria a aldeia deserta, então segui em frente. Acabei chegando a uma grande extensão de terreno plano cercado de todos os lados por colinas; suas encostas eram cobertas por árvores que desciam até a planície, preenchendo, agrupadas, os suaves declives e vales que surgiam aqui e ali. Percorri o caminho sinuoso com o olhar e vi que ele fazia uma curva perto de um dos grupos de árvores mais densos e ficava oculto.

Enquanto eu olhava, surgiu um vento frio de arrepiar e a neve começou a cair. Pensei nos quilômetros e quilômetros de campo aberto pelos quais havia passado e me apressei a buscar o abrigo do bosque diante de mim. O céu ficava cada vez mais escuro e a neve caía cada vez mais rápida e densamente, até que a terra diante e em torno de mim se transformou em um tapete branco reluzente, cujas pontas mais distantes se perdiam em uma névoa turva. O caminho estava ali, mas se tornara incerto; nas partes planas os seus limites não eram distintos, assim como quando passava por picadas; logo me dei conta de que devia ter-me afastado dele, pois senti falta do terreno firme sob os pés — que começaram a afundar em grama e musgo. Então o vento ficou mais intenso, soprando com uma força crescente, até que tive de me forçar a andar a favor dele. O ar se tornou gelado e, apesar do exercício, comecei a sofrer com isso. A neve agora caía muito densa, e circulava a meu redor em redemoinhos tão rápidos que eu quase não conseguia manter os olhos abertos. De vez em quando o céu era cortado por relâmpagos fulgurantes, e a luz que vinha deles me permitia ver à frente um grande grupo de árvores, em especial teixos e ciprestes, densamente cobertos de neve.

Logo eu estava abrigado entre as árvores, e lá, onde o silêncio era maior, pude ouvir o vento soprando no alto. Naquele momento, a escuridão da tempestade já se fundira com a da noite. A tormenta parecia estar melhorando aos poucos, exceto por alguns sopros e rajadas. Nesses momentos o estranho som do lobo parecia ser ecoado por muitos sons semelhantes à minha volta.

De tempos em tempos, um esparso raio de luar aparecia entre as nuvens negras, iluminava o lugar e me fazia ver que eu estava na borda de uma densa floresta de teixos e ciprestes. Como a neve parara de cair, saí do abrigo e comecei a investigar a área com mais atenção. Acreditava que, entre as tantas velhas fundações pelas quais havia passado, deveria haver ainda uma casa de pé — mesmo que em ruínas —, onde eu poderia refugiar-me por algum tempo. Rodeando a borda da mata, descobri que ela era cercada por um muro baixo, e seguindo-o acabei encontrando uma abertura. Partindo dela, ciprestes formavam um caminho que levava até algum tipo de construção em formato quadrangular. Entretanto, no momento em que a avistei, as nuvens errantes cobriram a lua e segui pelo caminho na escuridão. O vento deve ter-se tornado mais frio, pois percebi que eu tremia enquanto caminhava. Mas havia uma esperança de abrigo, então continuei em frente, às cegas.

Um silêncio súbito me fez parar. A tempestade havia passado, e, talvez em concordância com o silêncio da natureza, o meu coração pareceu ter parado de bater. Mas isso durou apenas um instante, pois de repente a luz da lua passou por entre as nuvens e me mostrou que eu estava em um cemitério, e que o volume quadrado à minha frente era uma gigantesca tumba de mármore, tão branca como a neve que a cobria por completo. Com a luz da lua veio um violento suspiro da tempestade, que pareceu retomar sua força com um uivo longo e grave, como o de muitos cachorros ou lobos. Eu estava amedrontado e abalado, e sentia o frio aumentando sensivelmente, até que o meu coração pareceu congelar. Então, enquanto o raio de luz da lua ainda incidia sobre a tumba de mármore, a tempestade deu mais evidências de estar reavivando-se, como se estivesse retomando seu curso. Impulsionado por algum tipo de fascínio, aproximei-me da sepultura para ver de que se tratava e descobrir por que aquela coisa permanecia de pé, sozinha, em um lugar daqueles. Andei em torno da tumba e vi o escrito, em alemão, sobre a porta em estilo dórico:

CONDESSA DOLINGEN DE GRATZ,
NA ESTÍRIA BUSCOU E ENCONTROU A MORTE 1801

Por cima da tumba, parecendo atravessar o duro mármore — pois a construção era composta apenas por alguns grandes blocos da rocha —, via-se uma grande estaca ou cavilha de ferro. Quando fui até a parte de trás vi, escrito em letras grandes, no alfabeto cirílico:

OS MORTOS VIAJAM DEPRESSA.

Havia algo muito estranho e sinistro naquilo tudo, algo que me assustou a ponto de me fazer sufocar. Pela primeira vez comecei a desejar ter seguido o conselho de Johann. Então um pensamento tomou conta de mim relacionado àquelas circunstâncias misteriosas me abalando terrivelmente: *Walpurgis Nacht*!

Na Noite de Walpurgis, de acordo com a crença de milhões de pessoas, o diabo está solto. Os túmulos se abrem e os mortos saem e passeiam. Todos os seres demoníacos da terra, do ar e da água festejam. Aquele era exatamente o lugar que o cocheiro havia evitado. A aldeia que fora despovoada séculos antes. Era ali que os suicidas jaziam. E eu estava naquele lugar, sozinho, abatido, tremendo de frio, em uma mortalha de neve... E com uma tempestade terrível voltando a se formar sobre mim! Foi preciso usar toda a minha serenidade, toda a religiosidade que eu aprendera, toda minha coragem para não me deixar tomar por um ataque de pavor.

E então um verdadeiro tornado despencou sobre mim. O solo estremeceu como se milhares de cavalos bramissem sobre ele. Dessa vez a tempestade não trouxe neve em suas asas geladas, e sim grandes granizos — que caíam com tamanha violência que poderiam ter vindo das fundas de antigos baleáricos —, granizos que destroçavam folhas e galhos e tornavam o abrigo dos ciprestes inútil, uma vez que restaram apenas os seus troncos. No começo eu havia corrido para a árvore mais próxima, mas logo fui obrigado a abandoná-la e ir para o único lugar que parecia fornecer refúgio: a entrada dórica da tumba de mármore. Ali, encolhendo-me contra a enorme porta de bronze, consegui alguma proteção contra os golpes dos granizos; agora eles só me atingiam quando ricocheteavam no chão ou na superfície do mármore.

Apoiado contra a porta, senti quando ela se moveu ligeiramente e abriu para o lado de dentro. Mesmo o abrigo de uma tumba era bem-vindo em meio àquela tempestade impiedosa, e eu estava quase entrando quando o clarão de um relâmpago iluminou todo o céu. Naquele instante — juro pela minha vida! —, o meu olhar se voltou para a escuridão da tumba e vi uma linda mulher, com bochechas redondas e lábios vermelhos, aparentemente dormindo em um ataúde. Um trovão despencou, e no mesmo momento fui agarrado por algo que parecia a mão de um gigante e lançado na tempestade. A coisa toda foi tão repentina que, antes que eu pudesse recuperar-me do choque tanto moral como físico, fui abatido pelos granizos. Ao mesmo tempo tive a sensação estranha e intensa de que não estava sozinho. Olhei para a tumba. E então veio outro relâmpago ofuscante, que pareceu atingir a estaca de ferro em cima do mausoléu e correr para a terra, estourando e despedaçando o mármore como em uma explosão de chamas. A mulher morta se levantou em um momento de agonia, envolta pelas chamas, e o seu amargo grito de dor foi abafado pelo trovão. A última coisa que ouvi foi essa mistura de sons assustadores, pois novamente fui capturado pelo aperto da mão gigante e arrastado, enquanto os granizos me golpeavam e o vento parecia ecoar o uivo de lobos. A última visão que tive foi a de uma massa branca indistinta se movendo, como se todas as tumbas ao meu redor tivessem colocado para fora os fantasmas amortalhados dos seus mortos, e eles estivessem aproximando-se de mim em meio à nebulosidade branca da forte tempestade de granizo.

Aos poucos um vago princípio de consciência surgiu em mim; depois uma sensação terrível de exaustão. Durante algum tempo não me lembrei de nada; mas os sentidos foram voltando aos poucos. Os meus pés doíam incrivelmente, e não conseguia movê-los; era como se estivessem dormentes. Tinha uma sensação gélida que começava na nuca e descia pela espinha; as minhas orelhas estavam tão entorpecidas como os pés, e mesmo assim doíam. Mas no meu peito a sensação era de um calor que, comparado ao resto, me parecia delicioso. Era como um pesadelo — um pesadelo físico, se é que se pode dizer isso —, pois alguma coisa muito pesada estava sobre o meu peito, dificultando minha respiração.

Esse período de semiletargia pareceu durar muito tempo, e enquanto isso eu devo ter dormido ou desmaiado. Então veio uma sensação de repugnância, como no primeiro estágio de um enjoo marítimo, e um desejo violento de me livrar de alguma coisa — mas eu não sabia o quê. Um silêncio enorme me cercava, como se o mundo inteiro estivesse dormindo ou morto, e só era quebrado por um som suave de respiração, que parecia vir de algum animal perto de mim. Senti algo quente e áspero no pescoço, e então tomei consciência da terrível verdade, que me gelou a alma e fez o sangue jorrar para a minha cabeça. Havia algum grande animal deitado sobre mim, e naquele momento ele lambia o meu pescoço. Não tive coragem de me mover; algum instinto de sobrevivência me mandou continuar imóvel. Mas a fera deve ter percebido que algo havia mudado, pois ergueu a cabeça. Por entre os cílios, vi sobre mim os dois grandes olhos brilhantes de um lobo gigantesco. Os afiados caninos brancos cintilavam na boca vermelha aberta, e eu podia sentir a sua respiração quente, ameaçadora e acre.

Não me lembro do que aconteceu durante um determinado período. Depois tomei consciência de um rosnado baixo, seguido por um uivo, repetido várias vezes. Então escutei, aparentemente muito ao longe, um "Olá! Olá!", que parecia vindo de muitas vozes, gritando em uníssono. Ergui a cabeça com cautela e olhei na direção de onde vinha o som, mas o cemitério bloqueava a minha visão. O lobo continuava uivando de uma forma estranha, e um clarão avermelhado começou a se mover perto do bosque de ciprestes, como se seguisse o som. Quanto mais as vozes se aproximavam, mais alto e constantemente o lobo uivava. Eu tinha medo de me mover ou de emitir qualquer som. A luz vermelha chegou mais perto, acima da mortalha branca que se estendia na escuridão ao meu redor. E de repente uma tropa de cavaleiros, levando tochas, surgiu de trás das árvores. O lobo se levantou do meu peito e rumou para o cemitério. Vi um dos cavaleiros (pelo seu quepe e longo capote militar, deduzi que era um soldado) erguer a carabina e mirar. Um companheiro empurrou seu braço para cima, e ouvi a bala passar zumbindo sobre a minha cabeça. Evidentemente o cavaleiro havia confundido o meu corpo com o do lobo. Outro deles avistou o animal fugindo e disparou. Então, correndo muito, a tropa avançou — alguns na minha direção, outros seguindo o lobo, que desapareceu entre os ciprestes cobertos de neve.

Enquanto eles se aproximavam tentei mover-me, mas não conseguia, embora pudesse ver e ouvir tudo que se passava ao meu redor. Dois ou três dos soldados saltaram dos cavalos e se ajoelharam ao meu lado. Um deles levantou minha cabeça e colocou a mão sobre o meu coração.

— Boas notícias, companheiros! — exclamou. — O coração dele ainda está batendo!

Então despejaram um pouco de conhaque pela minha garganta; isso me devolveu o vigor e fui capaz de abrir completamente os olhos e espiar ao meu redor. Luzes e sombras se moviam entre as árvores, e ouvi homens chamando uns aos outros. Eles se agruparam, emitindo exclamações assustadas. As luzes piscavam enquanto outros chegavam, saindo da balbúrdia do cemitério como se estivessem possuídos. Quando os derradeiros se aproximaram de nós, os que me rodeavam perguntaram, ansiosos:

— E então, encontraram?

A resposta veio afobadamente:

— Não! Não! Vamos embora agora... agora! Aqui não é um lugar para se ficar, quanto mais nesta noite!

— O que era aquilo? — foi a pergunta geral, feita em vários tons de voz. As respostas foram variadas e imprecisas, como se os homens fossem movidos por um impulso comum de falar, mas reprimidos por algum medo compartilhado de expressar os seus pensamentos.

— Aquilo... aquilo... com certeza! — balbuciou um deles, cuja sanidade mental sem dúvida estava debilitada naquele momento.

— Era um lobo... mas não era um lobo! — disse outro, estremecendo.

— Não adianta ir atrás dele sem a bala benta — observou um terceiro, mais tranquilo.

— Valeu a pena sair nesta noite! Realmente fizemos por merecer os nossos mil marcos! — exclamou um quarto.

— Havia sangue no mármore quebrado — disse outro, depois de uma pausa. — E não foi gerado pelo raio. E quanto a ele... está fora de perigo? Olhem o seu pescoço! Vejam, companheiros, o lobo ficou deitado sobre ele, mantendo o seu sangue aquecido.

O oficial examinou o meu pescoço e respondeu:

— Ele está bem; a pele não foi perfurada. O que isso tudo significa? Nunca teríamos encontrado este homem se não fosse pelos uivos do lobo.

— E o que foi feito dele? — perguntou o homem que segurava a minha cabeça e que parecia ser o menos tomado pelo pânico no grupo, pois tinha as mãos firmes, sem tremores. Na manga do seu casaco se via a divisa de oficial subalterno.

— Foi para a casa dele — respondeu o homem cuja face alongada estava pálida e que tremia de pavor, olhando para os lados, assustado.

— Há muitas tumbas aqui para ele dormir. Vamos, companheiros, vamos logo! Precisamos sair deste lugar amaldiçoado.

Enquanto dava o comando, o oficial me ergueu, fazendo que eu me sentasse; depois vários homens me colocaram sobre um cavalo. Ele pulou para a sela, atrás de mim, me segurou nos braços e deu ordem para seguir em frente. E, tirando o olhar dos ciprestes, fomos embora aceleradamente, em formação militar.

Como a minha língua se recusava a cumprir o seu ofício, fui forçado a ficar em silêncio. Devo ter adormecido, pois a próxima coisa de que me lembro é de me ver de pé, escorado por um soldado de cada lado. Já era quase dia claro, e ao norte uma faixa vermelha de luz do sol se refletia sobre o deserto de neve, como uma trilha de sangue. O oficial estava dizendo aos homens para não falarem nada sobre o que tinham visto, exceto que haviam encontrado um viajante inglês, guardado por um cachorro grande.

— Cachorro! Aquilo não era um cachorro — interrompeu o homem que tinha mostrado muito medo. — Eu acho que reconheço um lobo quando vejo um.

O jovem oficial respondeu, calmo:

— Eu disse um cachorro.

— Cachorro! — reiterou o outro, ironicamente. Era evidente que a sua coragem estava ressurgindo com o sol; e, apontando para mim, ele disse: — Olhem o pescoço dele. Isso é obra de um cachorro, chefe?

Levantei instintivamente a mão ao pescoço, e gritei de dor quando o toquei. Os homens se amontoaram ao meu redor para olhar, alguns descendo dos cavalos; e mais uma vez ouvi a voz calma do jovem oficial:

— Como eu disse, um cachorro. Qualquer outra coisa que falemos só fará que riam de nós.

Então me fizeram montar atrás de um cavaleiro e entramos nos subúrbios de Munique. Lá achamos uma carruagem de aluguel na qual fui colocado e levado até o Quatre Saisons. O jovem oficial ficou comigo, um cavaleiro nos seguiu com o cavalo dele e os outros soldados regressaram ao quartel.

Quando chegamos, *Herr* Delbrück desceu rapidamente as escadas para me encontrar, deixando claro que estava em vigília lá dentro. Segurou-me por ambas as mãos e me conduziu para o interior do hotel. O oficial me saudou e estava virando-se para ir embora quando percebi a sua intenção e insisti para que fosse até os meus aposentos. Enquanto bebíamos uma taça de vinho, agradeci calorosamente por ele e seus companheiros me salvarem. Ele respondeu apenas que se sentia mais do que satisfeito, e que *Herr* Delbrück havia dado os passos iniciais para motivar o grupo de resgate; o gerente sorriu diante dessa declaração ambígua, e então o oficial alegou obrigações a cumprir e partiu.

— Mas, *Herr* Delbrück — indaguei —, como e por que os soldados estavam procurando-me?

Ele encolheu os ombros, como que menosprezando as próprias ações, enquanto respondia:

— Tive a sorte de obter permissão para solicitar voluntários com o comandante do regimento no qual servi.

— Mas como soube que eu estava perdido? — perguntei.

— O cocheiro voltou para cá com os restos da carruagem, que capotou quando os cavalos dispararam.

— Mas com certeza o senhor não mandaria soldados em uma equipe de resgate só por causa disso, mandaria?

— Ah, não! — respondeu ele. — Antes da chegada do cocheiro eu recebi este telegrama do boiardo[1] de quem o senhor é convidado — e tirou do bolso um telegrama, que me entregou. Eu li:

Bistritz

Cuide bem do meu convidado — a sua segurança é muito preciosa para mim. Se qualquer coisa lhe acontecer ou se ele desaparecer, não poupe meios de encontrá-lo e garantir a sua segurança. Ele é inglês, portanto aventureiro. Frequentemente há perigos relacionados à neve, aos lobos e à noite. Não perca um só momento se suspeitar que ele está em risco. Retribuirei o seu zelo com a minha fortuna.

Drácula.

---

[1] Membro da aristocracia russa da época. Na literatura, o Conde Drácula era um boiardo.

Fiquei segurando o telegrama na mão e sentindo o quarto rodar em torno de mim. Se o atencioso gerente não me segurasse, acho que teria caído. Havia algo tão estranho em tudo aquilo, algo tão bizarro e impossível de imaginar, que brotou em mim a sensação de estar sendo de alguma forma o joguete de forças adversárias. Fiquei paralisado só de pensar nessa possibilidade. Eu certamente estava sob algum tipo de proteção misteriosa. De um país distante, no momento exato, viera uma mensagem que me salvara do perigo da morte na neve e das mandíbulas do lobo.

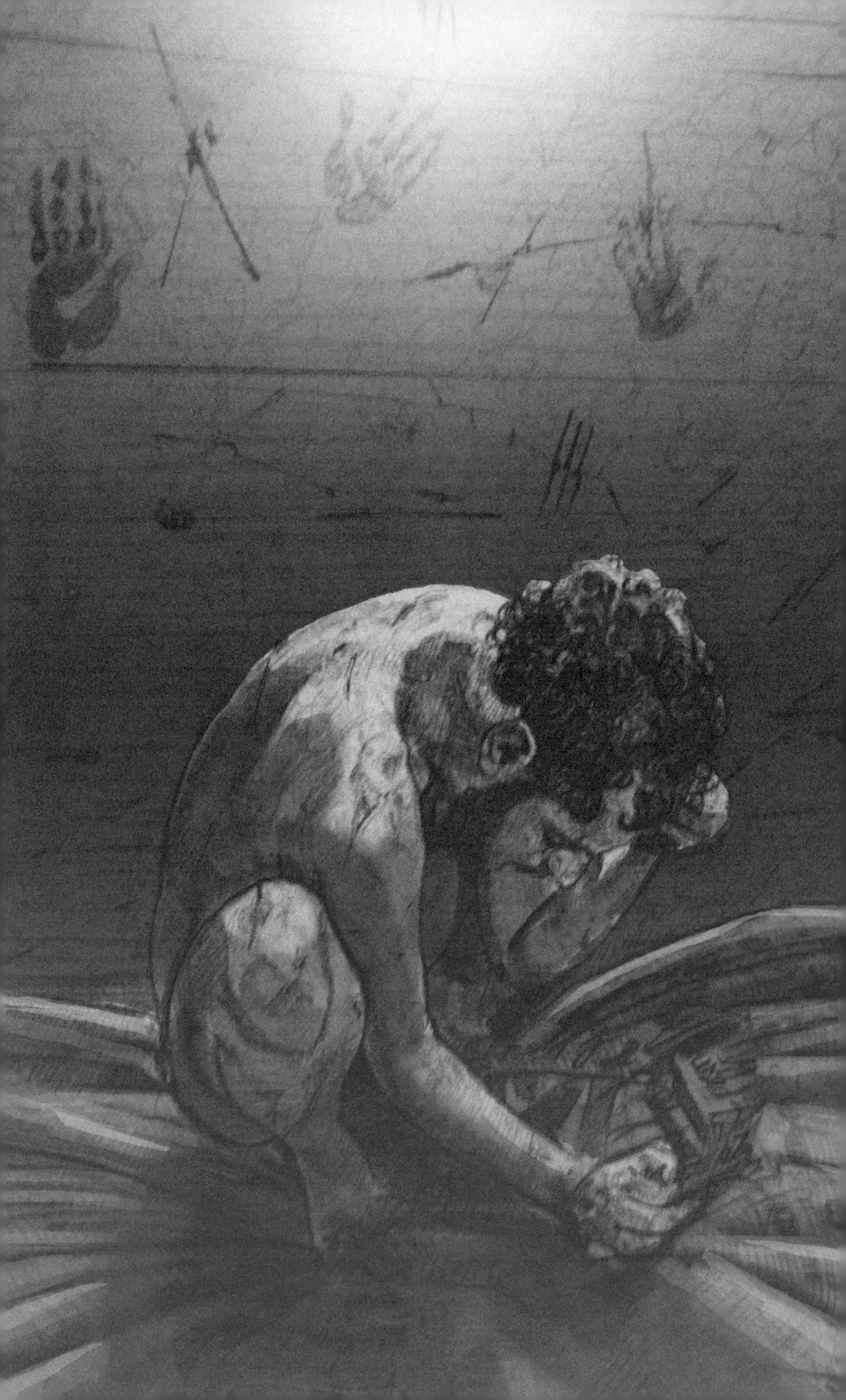

O MANUSCRITO DE UM LOUCO

CHARLES DICKENS

Tinha caminhado algumas vezes entre a porta e a janela e entre a janela e a porta, quando o manuscrito do clérigo entrou pela primeira vez na sua cabeça. Foi um pensamento bom. Se não fosse capaz de levantar seu interesse, poderia fazê-lo dormir. Retirou-o do bolso do paletó e, puxando uma mesinha para junto da sua cama, ajustou a luz, pôs os óculos e se ajeitou para ler. Era uma caligrafia estranha, o papel era muito sujo e manchado. O título também lhe deu um susto e ele não conseguiu evitar lançar um olhar melancólico pelo quarto. Mas, ao refletir sobre o absurdo de ceder a tais sentimentos, ele tornou a ajustar a luz e começou a ler:

"O manuscrito de um louco

Sim! De um louco! Anos atrás, como essa palavra teria tocado o meu coração! Como teria suscitado o terror que às vezes caía sobre mim; que enviava o sangue silvando e formigando pelas minhas veias, até o frio orvalho do medo parar em grandes gotas sobre a minha pele, e meus joelhos começarem a bater de pavor! Mas agora eu gosto. É um nome excelente. Mostre-me o monarca cujo cenho raivoso tenha sido tão temido quanto o brilho do olho de um louco, cuja corda e cujo machado tivessem a metade da força do aperto da mão do louco. Ho! Ho! É grandioso ser louco! Ser visto como um leão selvagem através das barras de ferro — ranger os dentes e uivar, durante a longa noite silenciosa, ao elo alegre de uma pesada corrente — e rolar e se enrolar no meio da palha transportado com música tão bela. Hurra para o hospício! Oh, é um lugar raro!

"Lembro-me dos dias em que eu tinha *medo* de estar louco; quando eu acordava do sono, caía de joelhos e rezava para ser poupado da maldição da minha raça, quando fugia correndo da visão da alegria ou felicidade, e me escondia em algum lugar solitário, e passava horas cansativas a observar o progresso da febre que iria consumir o meu cérebro. Sabia que a loucura estava misturada na massa do meu sangue, e no tutano dos meus ossos; que uma geração tinha-se passado sem que a pestilência aparecesse entre eles e que eu era o primeiro em quem ela iria reviver. Eu sabia que tinha de ser assim: que sempre tinha sido assim, e que assim seria para sempre; e quando eu me encolhia em algum canto de uma sala lotada e via homens sussurrando, apontando e voltando os olhos para mim, eu sabia que falavam uns aos outros do louco condenado; e eu me encolhia outra vez para me sentir infeliz na solidão.

"Isso eu fiz durante muitos anos, foram longos anos. As noites aqui são às vezes longas — muito longas, mas não são nada comparadas às noites agitadas e aos sonhos aterradores que eu tinha naquela época. Lembrá-los faz correr um frio pela minha coluna. Grandes formas sombrias com rostos furtivos e sarcásticos se agachavam nos cantos da sala, e se curvavam sobre a minha cama à noite, tentando levar-me à loucura. Diziam-me, em débeis sussurros, que o chão da velha casa em que o pai do meu pai tinha morrido estava manchado com o seu sangue, derramado por sua própria mão numa loucura feroz. Eu levava os dedos aos ouvidos, mas elas gritavam dentro da minha cabeça, até todo o quarto vibrar com seus gritos, que a loucura adormecera uma geração antes da dele, mas que seu próprio avô tinha vivido durante anos com as mãos acorrentadas ao chão, para evitar que ele estraçalhasse a si mesmo. Eu sabia, e sabia muito bem, que elas contavam a verdade. Tinha descoberto anos antes, apesar de terem tentado esconder os fatos de mim. Ha! Ha! Eu era inteligente demais para elas, ainda que me considerassem louco.

"Finalmente me ocorreu a ideia, e eu me perguntei como pudera sentir medo. Eu agora podia entrar no mundo, rir e gritar com os melhores entre eles. Eu sabia que estava louco, mas eles nem suspeitavam. Como eu me abraçava deliciado, quando pensava no ótimo truque que aplicava a eles depois de me haverem apontado e olhado ressabiados, embora eu não estivesse louco, apenas temia poder um dia tornar-me louco! E como eu ria de alegria, quando estava só, e considerava como escondia bem o meu segredo, e com que rapidez os meus bons amigos me haveriam abandonado se soubessem a verdade. Seria capaz de gritar de êxtase quando jantava com algum sujeito ruidoso e pensava em como ele teria empalidecido e como fugiria rápido se soubesse que o caro amigo que se sentava ao seu lado afiando uma faca brilhante era um louco com todo o poder e alguma vontade de enfiá-la no seu coração. Oh, era uma vida alegre!

"Riquezas tornaram-se minhas, a fortuna choveu sobre mim e me corrompi em prazeres intensificados mil vezes pela consciência do meu segredo bem guardado. Herdei um patrimônio. A lei, a própria lei de olhos de águia, fora enganada e tinha entregado muitos milhares em disputa nas mãos de um louco. Onde estava a inteligência de homens de olhos de lince e mente sã? Onde estava a sagacidade dos advogados, ansiosos por descobrir uma falha? A perspicácia do louco os tinha superado a todos.

"Eu tinha dinheiro. Fui cortejado. Gastei-o profusamente. Como fui elogiado! Como aqueles irmãos arrogantes se humilhavam diante de mim! Também o velho pai de cabeça branca, tanta deferência, tanto respeito, uma amizade tão dedicada, ele me adorava! O velho tinha uma filha, e os jovens tinham uma irmã; e os cinco eram pobres. Eu era rico; e quando me casei com a moça vi um sorriso de triunfo no rosto dos parentes necessitados, pois pensavam no seu esquema bem planejado e no grande prêmio. Eu devia sorrir. Sorrir! Rir às gargalhadas, e arrancar os cabelos, e rolar no chão com berros de alegria. Mal sabiam eles que a tinham casado com um louco.

"Espere. Se tivessem sabido, eles a teriam salvado? A felicidade da irmã *versus* o ouro do marido. A pena mais leve que eu soprar no ar *versus* a alegre corrente que ornamenta o meu corpo!

"Apesar de toda minha astúcia, numa coisa eu fui enganado. Se não fosse louco — pois embora nós loucos sejamos inteligentes, sejamos muito inteligentes, às vezes ficamos perplexos — eu deveria ter sabido que a moça iria preferir ser colocada dura e fria num caixão baço de chumbo, a ser uma noiva invejada entregue na minha casa rica e resplandecente. Eu devia saber que seu coração estava com o rapaz de olhos negros cujo nome uma vez eu a ouvi pronunciar durante o sono agitado; e que ela tinha sido sacrificada a mim para aliviar a pobreza do velho de cabeça branca e dos seus irmãos arrogantes.

"Agora não me lembro de formas ou rostos, mas sei que a moça era linda. *Sei* que era, pois nas noites claras de luar, quando acordo do meu sono e tudo está em silêncio à minha volta, eu a vejo parada e imóvel num canto desta cela, uma figura pequena e debilitada de longos cabelos negros que, caindo ao longo das costas, se agitam sem nenhum vento terreno, e olhos que se fixam em mim, sem nunca piscar nem se fechar. Silêncio! O sangue se congela no meu coração quando escrevo — a forma é dela; o rosto é muito pálido, e os olhos têm um brilho vítreo; mas eu os conheço bem. A figura nunca se move, nunca franze o cenho nem move os lábios como fazem os outros que às vezes enchem este lugar; mas para mim é muito mais assustadora até mesmo que os espíritos que me tentavam há muitos anos — vem diretamente do túmulo, e é muito fúnebre.

"Durante quase um ano eu vi aquele rosto se tornar mais pálido; durante quase um ano vi as lágrimas correrem por aquela face infeliz sem nunca saber a causa. Mas finalmente descobri. Não conseguiram esconder de mim por muito tempo. Ela nunca tinha gostado de mim. Nunca pensei que tivesse gostado: ela desprezava minha riqueza e odiava o esplendor em que vivia; mas isto eu não tinha esperado: ela amava outro. Isso eu nunca pensei. Estranhos sentimentos me assaltaram, e pensamentos, forçados sobre mim por algum poder secreto, giravam e giravam em meu cérebro. Eu não a odiava, mas odiava o rapaz por quem ela ainda chorava. Tinha pena, sim, tinha pena da vida desgraçada a que seus parentes egoístas a tinham condenado. Sabia que ela não poderia viver muito tempo, mas o pensamento de que antes da sua morte ela poderia dar à luz um ser desafortunado destinado a passar a loucura à sua descendência me fizeram decidir matá-la.

"Durante muitas semanas pensei em veneno, e depois em afogamento, e depois em fogo. Uma linda visão da casa imponente em chamas, e a esposa do louco se desmanchando em cinzas. Pense no ridículo de uma grande recompensa, e de algum homem são balançando ao vento por um ato que não cometeu, e tudo pela astúcia de um louco. Pensei muito nisso, mas finalmente desisti. Ah, o prazer de afiar a navalha dia após dia, sentindo o fio, e pensando no talho profundo feito por um golpe do seu gume fino e brilhante!

"Finalmente, os velhos espíritos que estiveram comigo tantas vezes antes sussurraram que era chegado o tempo e colocaram a navalha aberta na minha mão. Eu a agarrei com firmeza, levantei-me suavemente da cama e me inclinei sobre a minha esposa adormecida. O rosto dela estava enterrado nas mãos. Retirei-as lentamente e elas caíram frouxas sobre seu peito. Estivera chorando, pois vestígios das suas lágrimas ainda molhavam a sua face, que estava calma e plácida; e, enquanto a olhava, um sorriso tranquilo iluminou as suas feições pálidas. Coloquei suavemente a mão no seu ombro. Ela se assustou — era apenas um sonho fugaz. Inclinei-me novamente. Ela gritou e acordou.

"Um movimento da minha mão e ela nunca mais emitiria um grito ou som. Mas eu estava surpreso e recuei. Os olhos dela estavam fixos nos meus. Não sei como foi, mas eles me intimidaram e amedrontaram, e cedi sob eles. Ela se levantou da cama, ainda me olhando fixa e firmemente. Tremi, a navalha estava na minha mão, mas eu não conseguia mover-me. Ela se dirigiu para a porta. Quando se aproximou, virou-se e afastou os olhos do meu rosto. O encanto estava quebrado. Avancei e agarrei-a pelo braço. Ela deu um grito e desabou no chão.

"Agora eu poderia tê-la matado sem luta, mas a casa estava alerta. Ouvi passos nas escadas. Recoloquei a navalha na gaveta de sempre, destranquei a porta e gritei pedindo ajuda.

"Chegaram, levantaram-na e a deitaram na cama. Ela ficou lá imóvel durante horas e quando a vida, o olhar e a fala voltaram, seus sentidos a tinham abandonado, e ela se agitou louca e furiosamente.

"Chamaram os médicos — grandes homens que chegaram à minha porta em carruagens confortáveis, com belos cavalos e servos elegantes. Ficaram ao lado da sua cama durante semanas. Fizeram uma grande reunião em outro quarto e se consultaram em voz baixa e solene. Um deles, o mais inteligente e mais respeitado, me levou para um canto e, dizendo para me preparar para o pior, me disse — a mim, o louco — que minha esposa estava louca. Parou ao meu lado junto de uma janela aberta, os olhos no meu rosto, e a mão sobre o meu braço. Com algum esforço eu poderia tê-lo lançado na rua lá embaixo. Seria um esporte raro; mas colocaria o meu segredo em risco, e o soltei. Alguns dias depois me disseram para colocá-la sob vigilância: teria de lhe fornecer um acompanhante. *Eu!* Saí para o campo aberto, onde ninguém poderia ouvir-me, e ri até o ar ressoar com os meus gritos!

"Ela morreu no dia seguinte. O velho de cabeça branca seguiu-a até o túmulo e os irmãos orgulhosos deixaram cair uma lágrima sobre o corpo insensível daquela cujos sofrimentos durante a sua vida eles tinham considerado com músculos de ferro. Tudo isso foi alimento para a minha alegria, e eu ri atrás do lenço branco com que tapei o rosto quando fomos para casa até as lágrimas me chegarem aos olhos.

"Mas, embora eu tenha executado o meu objetivo e matado a minha esposa, eu estava agitado e perturbado e senti que em breve o meu segredo seria conhecido. Não conseguia esconder a alegria selvagem que fervia em mim e, quando estava só em casa, me fazia saltar e bater palmas, girar e girar dançando e urrando em voz alta. Quando saía e via as multidões correndo pelas ruas ou indo ao teatro, ou ouvia o som de música e via pessoas dançando, eu sentia tanta alegria que poderia correr entre elas e cortá-las em pedaços, membro a membro, uivando de êxtase. Mas eu rilhava os dentes, e batia os pés no chão, e fincava as unhas afiadas nas mãos. Eu me contive, e ninguém soube que eu já era um louco.

"Lembro-me — apesar de ser uma das últimas coisas de que consigo lembrar-me: pois agora misturo a realidade com meus sonhos e, como há tanto a fazer e estou sempre na correria aqui, não tenho tempo para separar os dois da estranha confusão em que eles se envolvem — lembro-me de como finalmente revelei tudo. Ha! Ha! Agora penso ver suas expressões assustadas e sinto a facilidade com que os afastei de mim e lancei meu punho fechado nas suas caras brancas, e então voei como o vento e os deixei gritando e berrando muito longe atrás de mim. A força de um gigante baixa sobre mim quando penso nisso. Ora — veja como essa barra de ferro se dobra sob meu arranco furioso. Poderia quebrá-la como um graveto, mas há galerias longas com muitas portas, acho que não saberia andar por elas; e, mesmo que soubesse, sei que há portões de ferro lá embaixo que são mantidos trancados a chave e com barras. Sabem o louco inteligente que eu fui e estão orgulhosos por me manterem aqui para ser mostrado.

"Deixe-me ver — sim, eu tinha saído. Era tarde da noite quando cheguei em casa e encontrei o mais orgulhoso dos três irmãos orgulhosos esperando para me ver — negócio urgente, disse ele: lembro-me bem. Eu odiava aquele homem com todo o ódio de um louco. Muitas e muitas vezes meus dedos ansiaram por rasgá-lo. Disseram-me que ele estava lá. Subi correndo as escadas. Ele tinha uma palavra a me dizer. Dispensei os serviçais. Era tarde, e estávamos sozinhos *pela primeira vez*.

"De início evitei cuidadosamente olhá-lo, pois sabia o que ele nem imaginava — e fiquei extasiado por sabê-lo —, que a luz da loucura brilhava em meus olhos como o fogo. Sentamo-nos em silêncio por alguns minutos. Finalmente ele falou. Minha recente dissipação e estranhas observações, feitas tão pouco tempo depois da morte da sua irmã, eram um insulto à memória dela. Combinando muitas circunstâncias que de início tinham escapado à sua observação, ele julgava que eu não a tinha tratado bem. Desejou saber se estava certo ao inferir que eu pretendia lançar reprovação à memória dela e desrespeito à família. Foi devido ao uniforme que vestia que ele exigiu essa explicação.

"Esse homem tinha um posto no exército — um posto comprado com o meu dinheiro e a infelicidade da sua irmã! Esse homem tivera papel fundamental na conspiração para me enganar e pôr as mãos na minha riqueza. Foi ele o instrumento mais importante para forçar sua irmã a se casar comigo, mesmo sabendo que seu coração fora dado àquele rapaz atraente. Devido ao *seu* uniforme! A libré da degradação! Pus meus olhos sobre ele — não consegui evitar — mas não disse uma palavra.

"Vi a mudança repentina que se abateu sobre ele sob o meu olhar. Era um homem muito ousado, mas a cor desapareceu do seu rosto, e ele recuou a cadeira. Puxei a minha para perto dele; e quando ri — eu estava então muito alegre — eu o vi estremecer. Senti a loucura crescer dentro de mim. Ele estava com medo de mim.

"'Você gostava da sua irmã quando ela era viva?' — perguntei.

— 'Muito.'

"Olhou pouco à vontade ao redor, e vi sua mão agarrar o encosto da cadeira, mas ele não disse nada.

"'Bandido', disse eu, 'desmascarei você; descobri as suas tramas infernais contra mim; sei que o coração dela estava fixado em outro homem antes de você obrigá-la a se casar comigo. Eu sei — eu sei.'

"De repente ele saltou da cadeira, segurou-a no alto e me mandou ficar longe dele, pois eu tinha tomado o cuidado de me aproximar lentamente enquanto falava.

"Berrei em vez de gritar, pois sentia as paixões tumultuosas correndo em minhas veias, e os velhos espíritos sussurrando e me provocando a arrancar seu coração.

"'Maldito', disse eu, levantando-me e correndo até ele; 'eu a matei. Sou um louco. Que você seja destruído. Sangue, sangue! Eu o terei!'. Derrubei de um golpe a cadeira que ele lançou aterrorizado contra mim e o agarrei; e com um barulho horroroso rolamos juntos no chão.

"Foi uma grande luta; pois ele era um homem alto e forte, lutando pela própria vida; e eu era um louco poderoso, ávido por destruí-lo. Não conhecia força alguma capaz de se igualar à minha, e tinha razão. Certo novamente, apesar de louco! Sua luta se enfraqueceu. Ajoelhei sobre o seu peito, e agarrei firmemente a sua garganta com as duas mãos. O rosto ficou roxo; os olhos ameaçavam sair das órbitas; e, com a língua para fora, ele parecia zombar de mim. Apertei com mais força.

"De repente a porta se abriu ruidosamente, e muitas pessoas correram gritando uns para os outros para segurar o louco.

"Meu segredo já não existia; e minha última luta era agora pela liberdade. Pus-me de pé antes que a primeira mão me agarrasse, atirei-me sobre os meus assaltantes e abri caminho com meu braço forte, como se tivesse um machado na mão, e derrubei todos diante de mim. Cheguei à porta, saltei sobre o parapeito e num instante estava na rua.

"Direto e rápido eu corri, e ninguém ousou parar-me. Ouvi o barulho de pés atrás e redobrei a minha velocidade. O barulho foi ficando mais fraco na distância e por fim morreu completamente, mas continuei por pântano e regato, sobre cerca e muro, com um grito selvagem que foi repetido pelos estranhos seres que se juntavam a mim por todos os lados, e incharam o som até ele perfurar o ar. Era levado nos braços de demônios que voavam sobre o vento, e derrubavam margens e cercas vivas à sua frente, e me giravam e giravam com um sussurro e uma velocidade que faziam a minha cabeça nadar, até que finalmente eles me jogaram longe e, com um choque violento, eu caí pesadamente na terra. Quando acordei, vi-me aqui — aqui nessa célula cinzenta onde raramente chega a luz do sol, e a lua se esgueira, em raios que só servem para mostrar as sombras escuras à minha volta, e aquela figura silenciosa no seu canto de sempre. Quando me deito acordado, ouço por vezes guinchos e gritos estranhos de partes distantes deste vasto lugar. O que são eles eu não sei, mas eles não vêm daquela visão pálida, nem ela lhes dá atenção. Pois, desde as primeiras sombras do ocaso até as primeiras luzes da manhã, ela continua imóvel no mesmo lugar, ouvindo a música da minha corrente de ferro, e observando minhas cabriolas na cama de palha."

No final do manuscrito estava escrita, em outra letra, esta nota:

"O infeliz cujas alucinações estão registradas acima era um exemplo melancólico dos resultados perniciosos das energias mal dirigidas durante o início da vida e dos excessos prolongados até que suas consequências não pudessem mais ser reparadas. A agitação, dissipação e libertinagem dos seus dias de juventude produziram febre e delírio. Os primeiros efeitos deste último foram a estranha ilusão, baseada numa teoria médica bem conhecida, fortemente defendida por alguns e também fortemente combatida por outros, de que existia uma loucura hereditária na sua família. Isso produziu também uma melancolia estabelecida, que com o tempo desenvolveu uma insanidade mórbida e finalmente terminou numa loucura furiosa. Existem razões para acreditar que os acontecimentos que ele detalhou, apesar de distorcidos na descrição da sua imaginação enferma, aconteceram realmente. É apenas uma questão de surpresa, para aqueles que conheceram os vícios da sua carreira de juventude, que suas paixões, quando não mais controladas pela razão, não o tenham levado a cometer atos ainda mais assustadores".

A vela do senhor Pickwick estava apagando-se no castiçal quando ele concluiu o exame do manuscrito do clérigo; e quando de repente ela se apagou, sem a tremulação prévia como aviso, a escuridão comunicou um susto considerável a sua disposição excitada. Lançando fora apressadamente todas as peças de roupa que tinha vestido quando se levantara pela manhã e lançando um olhar temeroso a sua volta, ele novamente rolou agitado entre os lençóis e logo caiu num sono profundo.

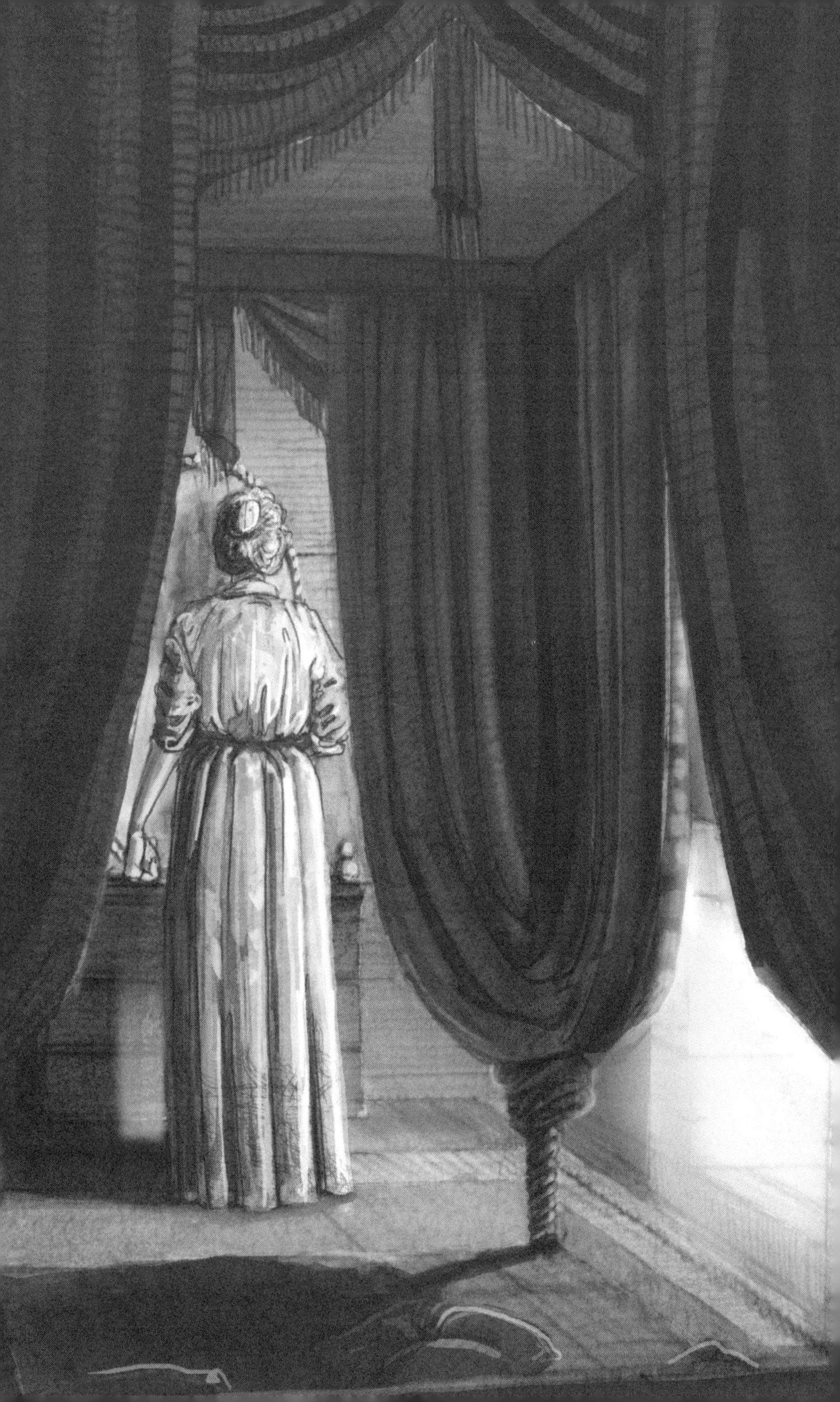

O QUARTO DAS TAPEÇARIAS

CHARLES DICKENS

Perto do final da Guerra da Independência dos Estados Unidos, os oficiais do exército do lorde inglês Cornwallis, que se renderam na cidade de York, e outros, que haviam sido feitos prisioneiros durante essa disputa imprudente e desafortunada, estavam regressando a seu país para relatar as aventuras e se recuperar da exaustão. Entre eles havia um oficial-general chamado Browne — um oficial de valor e um cavalheiro muito considerado devido a sua família e a seus feitos.

Alguns assuntos haviam levado o general Browne a uma viagem pelos condados ocidentais, e então, ao fim de uma diligência matinal, ele se viu próximo a uma cidadezinha de interior que oferecia um cenário de beleza excepcional e tinha um caráter marcadamente inglês.

O povoado, com a sua igreja antiga e imponente cuja torre dava testemunho da devoção de épocas muito remotas, se erguia no meio de pradarias e milharais de pequena extensão, cujos limites e divisões eram feitos por cercas vivas antigas e altas. Havia poucos sinais de melhorias modernas. Os arredores não sugeriam nem o despovoamento da decadência nem o alvoroço da inovação; as casas eram velhas, mas bem conservadas; e o belo riacho seguia livremente o seu curso, levando o seu murmúrio para o lado esquerdo da cidade, sem ser detido por represas nem margeado por um caminho para reboque de barcos.

Sobre um cume suave, pouco mais de um quilômetro ao sul da cidade, era possível divisar — entre carvalhos imponentes e emaranhados de arbustos — as torres de um castelo tão antigo como as guerras entre os York e os Lancaster, mas que parecia ter recebido reformas consideráveis durante a era elisabetana e a que se seguiu a ela. Não era um lugar muito grande; mas qualquer acomodação que pudesse haver deveria estar dentro daqueles muros. Pelo menos foi isso que o general Browne deduziu, observando a fumaça que se elevava alegremente de várias das antigas chaminés entalhadas e espiraladas. O muro do bosque interno seguia por duzentos ou trezentos metros ao longo da estrada; e a mata, vista de vários pontos possíveis, dava a impressão de ser bastante densa. Outras perspectivas foram abrindo-se: a vista integral da fachada do castelo antigo; depois a lateral, com as suas torres peculiares, no padrão rebuscado do estilo elisabetano, ao passo que a simplicidade e a solidez das outras partes do edifício pareciam indicar terem sido erguidas mais para defesa que para ostentação.

Deliciado com as visões parciais do castelo, obtidas por entre os bosques e clareiras que cercavam a antiga fortaleza feudal, o nosso oficial em viagem resolveu sondar se valia ou não a pena vê-lo mais de perto, e se ele abrigava retratos de família ou outros objetos de interesse para um visitante. Saindo dos arredores do bosque, ele seguiu por uma rua limpa e bem pavimentada até chegar à porta de uma estalagem bastante movimentada.

Antes de pedir os cavalos para seguir viagem, o general Browne se informou sobre o proprietário do castelo que tanto atraíra o seu interesse, e ficou a um só tempo surpreso e feliz em ouvir que a construção era de um fidalgo a quem chamaremos Lorde Woodville. Que sorte! Boa parte das lembranças antigas de Browne, tanto no colégio como na faculdade, estava ligada ao jovem Woodville, que, conforme ele pôde apurar com algumas perguntas, era agora o dono daquela ampla propriedade. Ele havia herdado o título de nobreza quando o seu pai morrera, poucos meses antes e, segundo o general ficou sabendo pelo dono da estalagem, o período de luto havia terminado e agora, na alegre estação do outono, ele estava tomando posse da propriedade paterna, acompanhado por um grupo seleto de amigos e desfrutando dos divertimentos de um país famoso pela caça.

Eram notícias muito agradáveis para o nosso viajante. Frank Woodville havia sido calouro de Browne na escola de Eton e seu amigo íntimo na faculdade Christ Church, em Oxford; os seus prazeres e os seus deveres haviam sido os mesmos; e o coração justo do militar se aqueceu ao descobrir que o amigo de juventude agora estava de posse de uma residência tão maravilhosa e de uma propriedade rural — segundo o estalajadeiro lhe assegurou com um movimento de cabeça e uma piscadela — que lhe permitiria não apenas manter a distinção como ampliá-la. Como a jornada do nosso viajante não exigia pressa, nada mais natural que suspendê-la para visitar um velho amigo, em circunstâncias tão agradáveis.

Assim sendo, os novos cavalos tiveram apenas a breve tarefa de conduzir a carruagem de viagem do general ao castelo de Woodville. Um porteiro o fez entrar em uma casa de guarda nova, gótica, construída em um estilo que combinava com o do castelo, e fez soar uma campainha para avisar da chegada de visitantes. Aparentemente o som da campainha deve ter interrompido a partida do grupo que se dirigia aos diversos divertimentos matinais, pois ao entrar no pátio do castelo o general Browne encontrou vários moços em roupas esportivas vagando por ali, observando e analisando os cães que os guardadores mantinham a postos para participar do passatempo. Ao descer da carruagem ele viu o jovem lorde chegar ao portão de entrada e olhá-lo por um instante, como se estranhasse as feições do amigo — nas quais a guerra, com as suas fadigas e feridas, havia produzido grandes alterações. Mas a incerteza durou apenas até que o visitante começasse a falar; as calorosas saudações que se seguiram foram daquelas que só acontecem entre pessoas que passaram juntas os felizes dias da infância despreocupada ou da juventude.

— Meu querido Browne, se eu pudesse ter formulado um desejo — disse Lorde Woodville —, haveria sido o de tê-lo aqui, entre todos os homens, nesta ocasião que os meus amigos têm a bondade de tomar como um tipo de festividade. Não pense que os seus passos não foram seguidos durante os anos em que você esteve longe de nós. Eu acompanhei todos os perigos por que você passou, todos os triunfos e os infortúnios, e fiquei muito feliz em ver que tanto na vitória como na derrota o nome do meu velho amigo sempre foi merecedor de aplausos.

O general deu uma resposta à altura, felicitando o amigo pelo título recebido e pela posse daquela residência e daquelas terras tão lindas.

— Ah, mas há muito mais o que ver — disse Lorde Woodville —; e espero que não pense em nos deixar antes de conhecer bem a propriedade. Confesso que o grupo que estou recebendo agora é bem grande e que a velha casa, como outros lugares desse tipo, não oferece tantas acomodações como a extensão dos muros que a cercam sugere. Mas podemos dar-lhe um quarto à moda antiga, e me arrisco a supor que as suas operações militares o ensinaram a se alegrar com abrigos bem piores.

O general encolheu os ombros e riu.

— Presumo — disse — que o pior aposento do seu castelo é consideravelmente melhor que o velho barril de tabaco em que fui obrigado a passar a minha noite de guarda quando estava na floresta, na Virgínia, na Legião de Tropas Ligeiras. Eu me deitei dentro dele como se fosse o próprio Diógenes, tão feliz em estar abrigado do tempo que tentei, em vão, levá-lo comigo para o acampamento seguinte; mas o meu comandante na época não me permitiria tamanho luxo, e me despedi do meu amado barril com lágrimas nos olhos.

— Bem, então, já que você não teme o seu alojamento — disse Lorde Woodville —, ficará comigo pelo menos uma semana. Temos armas, cães, varas de pescar, moscas e recursos de sobra para divertimentos no mar e em terra; não se pode escolher uma diversão, mas aqui contamos com meios para fazê-lo. E, se você preferir as armas e os perdigueiros, eu mesmo irei junto, e verei se a sua pontaria melhorou depois que esteve entre os indígenas das colônias distantes.

O general aceitou com prazer todos os detalhes da proposta amistosa do seu anfitrião. Depois de uma manhã de exercícios varonis, o grupo se encontrou no jantar, quando Lorde Woodville teve grande prazer em expor as enormes qualidades do amigo reencontrado, assim como de recomendá-lo aos seus convidados — na maioria pessoas de muita distinção. Levou o general Browne a falar das cenas que havia testemunhado; e, como todas as palavras exibiam tanto o corajoso oficial como o homem sensato, que mantinha a frieza de raciocínio diante dos perigos mais iminentes, o grupo olhava para o militar com respeito, como para alguém que provou ser dono de uma bravura fora do comum — esse atributo que, acima de qualquer outro, todos desejam ver reconhecido em si.

O dia no castelo de Woodville terminou como é de costume em mansões como aquela. A hospitalidade continuou dentro dos limites da correção; primeiro as garrafas circularam, depois veio a música, na qual o jovem lorde era hábil; cartas e bilhar para os que preferiam esses entretenimentos. Mas o exercício matinal requeria madrugar, e logo depois das onze horas os convidados começaram a se retirar para os seus aposentos.

Lorde Woodville em pessoa conduziu o amigo, general Browne, ao aposento que lhe havia sido destinado, que correspondia à descrição que havia feito: confortável, mas à moda antiga. A cama tinha o modelo imponente usado no fim do século XVII e as cortinas eram de seda desbotada, adornadas com abundância de fios de ouro, deslustrados. Porém os lençóis, os travesseiros e as cobertas pareceram deliciosos para o militar, especialmente quando ele pensava em sua "mansão, o barril". Havia um ar sombrio nas tapeçarias que, com os ornamentos desgastados, desciam pelas paredes do pequeno aposento e ondulavam suavemente quando a brisa outonal passava pela velha janela de treliça, que tamborilava e silvava com a entrada do ar. A penteadeira também tinha um ar antigo

— e consequentemente melancólico —, com o seu espelho de moldura elaborada, no estilo do início do século, um arranjo de seda carmim e centenas de caixas de formatos estranhos, com material para penteados obsoletos há mais de cinquenta anos. Mas nada poderia brilhar de forma mais radiante e alegre que as duas grandes velas de cera; e, se algo pudesse equiparar-se a elas, seria a lenha flamejante e cintilante da lareira, que irradiava tanto luz como calor pelo aposento confortável, ao qual, apesar da antiguidade geral na aparência, não faltava nenhuma das comodidades que os costumes modernos tornaram necessárias ou desejáveis.

— Trata-se de um dormitório à moda antiga, general — disse o jovem lorde —, mas espero que você não encontre aqui nada que o faça desejar o seu barril de tabaco.

— Não sou especialmente exigente quanto às minhas acomodações — respondeu o general —; e, se tivesse de escolher, sem dúvida preferiria este aposento aos quartos mais luxuosos e modernos da mansão da sua família. Acredite, me sinto melhor acomodado aqui que se estivesse no melhor hotel de Londres, pois este quarto reúne um ar moderno de conforto, uma venerável antiguidade e o fato de fazer parte do seu domínio, meu lorde.

— Acredito, sem sombra de dúvida, que você encontrará aqui o conforto que desejo que tenha, meu caro general — disse o jovem aristocrata. E, voltando a desejar uma boa noite ao seu convidado, apertou-lhe a mão e se retirou.

O general voltou a olhar ao redor e, congratulando-se internamente pelo retorno a uma vida pacífica, cujo conforto ficara mais valorizado depois das privações e dos perigos que enfrentara nos últimos tempos, despiu-se e se preparou para uma noite de descanso suntuoso.

Neste ponto, ao contrário do que é costumeiro neste tipo de narrativa, deixamos o general de posse do seu quarto até a manhã seguinte.

O grupo se reuniu para o café da manhã bem cedo, mas sem a presença do general Browne — que parecia ser, dentre todos os que Lorde Woodville juntara em torno de si com a sua hospitalidade, o hóspede a quem mais desejava dar atenção. Ele expressou algumas vezes a sua surpresa pela ausência do general e acabou enviando um criado para descobrir onde ele estava. O homem voltou com a informação de que Browne estivera passeando fora da mansão desde as primeiras horas da manhã, apesar do tempo, nevoento e desagradável.

— Costumes de militar — disse o jovem aristocrata aos seus amigos —; muitos adquirem o hábito da vigilância e não conseguem dormir além do horário em que costumam ter o dever de estar em alerta.

No entanto, a explicação que Lorde Woodville assim ofereceu ao grupo lhe soou insatisfatória, e ele aguardou em silêncio, preocupado, o retorno do general. Isso só aconteceu cerca de uma hora depois que a campainha do café da manhã soou. Ele parecia cansado e agitado. O seu cabelo — cujo empoamento e penteado eram, naquela época, uma das ocupações mais importantes de todo o dia de um homem, e dizia tanto de suas maneiras como, nos tempos atuais, o nó de uma gravata ou a falta dela — estava desgrenhado, solto, sem empoar e úmido de sereno. As suas roupas haviam sido colocadas de qualquer jeito, com uma negligência incomum em militares, cujos deveres reais ou supostos costumam incluir alguma atenção ao asseio; e o seu rosto estava pálido, incrivelmente assustado.

— Então escapou para uma marcha esta manhã, meu caro general — disse Lorde Woodville —; ou a cama não esteve tão ao seu gosto como eu desejava e você parecia esperar? Como passou esta noite?

— Ah, muitíssimo bem, maravilhosamente, nunca dormi melhor em minha vida! — disse o general Browne de imediato, mas com um ar de embaraço muito evidente para o seu amigo. Depois ele engoliu uma xícara de chá às pressas e, negligenciando ou recusando tudo mais que lhe foi oferecido, pareceu cair em um estado de alheamento.

— Você vai querer levar uma arma hoje, general? — falou o amigo e anfitrião, mas teve de repetir a pergunta duas vezes para receber a inesperada resposta:

— Não, meu lorde; sinto muito, mas não posso aceitar a honra de passar outro dia nos seus domínios; já solicitei os cavalos de aluguel e logo estarão aqui.

Todos ali presentes demonstraram surpresa, e Lorde Woodville respondeu de imediato:

— Cavalos de aluguel, meu bom amigo! O que você poderia querer com eles, se me prometeu permanecer calmamente comigo por ao menos uma semana?

— Creio que — falou o general, com um embaraço muito perceptível —, no entusiasmo do meu primeiro contato com os seus domínios, eu deva ter dito algo sobre me deter aqui por alguns dias; mas depois percebi que seria completamente impossível.

— Isso é muito singular — disse o jovem nobre. — Você parecia bastante desimpedido de compromissos ontem, e não pode ter sido convocado hoje, pois o correio ainda não veio da cidade, portanto você não recebeu nenhuma carta.

Sem dar mais nenhuma explicação, o general Browne apenas murmurou algo sobre assuntos inadiáveis, insistindo na necessidade absoluta de partir, de um modo tal que silenciou qualquer oposição por parte do seu anfitrião, que percebeu que a decisão já havia sido tomada e não insistiu para não ser importuno.

— Já que você precisa ou deseja partir — disse —, meu caro Browne, permita-me ao menos lhe mostrar a vista do terraço; logo será possível vê-la, pois a neblina está dissipando-se.

Enquanto falava, ele abriu uma janela de guilhotina e saltou para o terraço. O general o seguiu mecanicamente, mas parecia quase não estar prestando atenção ao que dizia o seu anfitrião, olhando para a paisagem ampla, magnífica, e apontando várias coisas dignas de nota. Eles seguiram em frente até que Lorde Woodville atingiu o seu propósito de afastar o convidado por completo do resto do grupo; então, voltando-se para ele com ar muito solene, falou:

— Richard Browne, meu velho e muito querido amigo, agora estamos sozinhos. Imploro para que me responda com a sua palavra de amigo e a sua honra de militar. Como você realmente passou esta noite?

— Na verdade, de um modo penosíssimo, meu lorde — respondeu o general, com o mesmo tom solene —; tão terrível que não queria correr o risco de uma segunda noite igual, nem por todas as terras pertencentes a este castelo nem por todo o território que vejo deste ponto de vista mais alto.

— Isso é muito singular — disse o jovem lorde, como se falasse consigo mesmo —; então deve existir algo de verdadeiro nos boatos sobre esse quarto. — E, voltando-se para o general, disse: — Em nome de Deus, meu caro amigo, seja sincero comigo e me permita saber, em pormenores, que tipo de coisa abominável lhe aconteceu sob um teto onde por vontade do proprietário você não deveria encontrar nada além de conforto.

O general pareceu afligir-se com esse pedido, e fez uma pausa antes de responder:

— Meu caro lorde — disse, por fim —, o que aconteceu comigo na noite passada é de uma natureza tão peculiar e tão desagradável que seria quase impossível, para mim, contar em detalhes, mesmo para você; mas o farei porque, além da vontade de satisfazer qualquer pedido seu, acredito que a minha sinceridade possa levar a uma interpretação sobre essa circunstância a um só tempo dolorosa e misteriosa. Para outras pessoas, a informação que vou dar-lhe poderia fazer que eu fosse visto como um imbecil, um tolo supersticioso iludido e pela própria imaginação; mas você conviveu comigo na infância e na juventude e não presumirá que eu tenha adotado, depois de homem feito, sentimentos e fragilidades dos quais era livre quando mais novo.

Ele se deteve nesse ponto, e o seu amigo retrucou:

— Não duvide da minha total confiança na veracidade das informações que me dê, por mais estranhas que possam ser. Conheço a sua firmeza de caráter bem demais para suspeitar que pudesse ser enganado, e sei que a sua honradez e a sua amizade também o impediriam de exagerar sobre o que quer que tenha presenciado.

— Bem, então — disse o general — contarei a minha história tão bem como puder, confiando na sua integridade, e mesmo sentindo que preferiria enfrentar uma agressão a relembrar os acontecimentos abomináveis da noite passada.

Ele se deteve novamente e então, vendo que Lorde Woodville permanecia em silêncio e atento, começou, ainda que não sem evidente relutância, a história das suas aventuras noturnas no Quarto das Tapeçarias.

— Eu me despi e fui para a cama assim que nos despedimos na noite passada; mas a lenha na lareira, quase em frente à minha cama, ardia de forma alegre e agradável, e isso, aliado às centenas de lembranças da minha infância e juventude, trazidas pelo inesperado prazer de encontrá-lo, me impediu de cair no sono imediatamente. Devo, entretanto, dizer que essas reflexões eram todas prazerosas, agradáveis, baseadas na sensação de haver por algum tempo trocado o trabalho, as fadigas e os perigos da minha profissão pelos prazeres de uma vida pacífica e o reencontro com aqueles laços de amizade e afeição que eu rompera em pedaços devido às rudes intimações da guerra.

"Essas reflexões agradáveis foram infiltrando-se em minha mente e gradualmente me ninando e me fazendo adormecer, até que de repente fui despertado por um som que parecia o de roçar da seda de uma roupa e de passos dados por sapatos de salto alto, como se uma mulher estivesse andando dentro do quarto. Antes que eu pudesse puxar o cortinado para ver de que se tratava, a figura de uma mulherzinha passou entre a cama e a lareira. Ela estava de costas para mim, e pude observar, pelos ombros e pelo pescoço, que era uma mulher já velha, com uma roupa à moda antiga, dessas que, penso eu, as damas chamam de mantô — ou seja, uma espécie de manto, completamente solto sobre o corpo, mas modelado por grandes pregas na gola e nos ombros, indo até o chão e terminando em um tipo de cauda.

"Achei aquela intromissão muito estranha, mas não abriguei, nem por um momento, a ideia de estar vendo algo diferente da forma mortal de alguma senhora idosa dali que tivera o capricho de se vestir como a sua avó e que — uma vez que Lorde Woodville havia mencionado que as habitações estavam escassas — havia sido desalojada do seu quarto para que eu fosse acomodado, se esquecera disso e retornara à meia--noite ao velho abrigo. Convencido disso, me remexi na cama e tossi um pouco, para fazer a intrusa saber que eu estava de posse do local. Ela se virou lentamente e... por Deus!, meu senhor, que semblante me exibiu! Não deixou mais dúvidas sobre o que era; seria impossível pensar em absoluto que se tratasse de um ser vivo. Sobre um rosto que apresentava a rigidez de feições de um cadáver, se imprimiam os traços dos sentimentos mais vis e horríveis que a haviam animado enquanto era viva. Parecia que o corpo de um criminoso abominável tinha deixado a tumba e a alma fora recuperada do fogo eterno para formar, durante algum tempo, uma união com o antigo cúmplice da sua culpa. Eu me levantei bruscamente e fiquei sentado, aprumado, apoiando-me nas palmas das mãos enquanto encarava aquele espectro horrível. A bruxa deu, ao que pareceu, um único e rápido passo largo em direção à cama onde eu estava e se agachou sobre ela, adotando a mesmíssima atitude que eu tivera no extremo do terror, avançando o rosto diabólico até chegar a meio metro do meu, com um sorriso irônico que parecia expressar a maldade e o escárnio de um demônio encarnado."

Ao chegar nesse ponto, o general Browne parou e enxugou o suor frio que a recordação daquela visão horrível havia feito brotar na sua testa.

— Meu lorde — disse —, eu não sou covarde. Passei por todos os perigos mortais que podem acontecer na minha profissão e posso afirmar sem receio que nenhum homem jamais viu Richard Browne desonrar a espada que empunha; mas nessas circunstâncias horríveis, sob o olhar e, ao que parecia, quase ao alcance das garras da encarnação de um espírito maligno, toda a firmeza me deixou, toda a minha coragem se derreteu como cera na fornalha, e me arrepiei inteiro. A corrente do meu sangue vital parou de circular e caí desfalecido, tão vítima do pânico aterrorizado como uma moça de aldeia ou uma criança de dez anos. Não tenho como estimar quanto tempo permaneci nesse estado.

"Mas fui despertado pelo relógio do castelo batendo uma hora, tão alto que parecia estar dentro do meu quarto. Algum tempo se passou antes que eu ousasse abrir os olhos, com receio de que voltassem a se deparar com o espetáculo horripilante. Quando, entretanto, reuni forças para olhar, a mulher já não era visível. A minha primeira ideia foi tocar a campainha, acordar os criados e me mudar para um sótão ou um palheiro, para me garantir contra uma segunda visita. Porém, vou confessar a verdade, alterei a minha decisão não por vergonha de me expor, mas pelo medo de, no caminho para a lareira de onde pendia o cordão da campainha, encontrar novamente a bruxa demoníaca que, pensava comigo mesmo, devia ainda estar à espreita em algum canto do quarto.

"Não tentarei descrever que acessos de calor e de frio me atormentaram pelo resto da noite, em meio ao sono entrecortado, a vigílias penosas e a esse estado dúbio que forma o terreno neutro entre os dois. Parecia que centenas de objetos terríveis me assombravam; mas havia uma grande diferença entre a visão que lhe descrevi e as que se seguiram a ela — que eu sabia serem ilusões geradas pela minha própria imaginação e pelos nervos excessivamente agitados.

"O dia afinal raiou, e me levantei da cama com a saúde abalada e o espírito humilhado. Estava envergonhado de mim mesmo, como homem e como militar, e ainda mais por perceber o meu desejo extremo de fugir do quarto mal-assombrado — um desejo que sobrepujou todas as outras considerações. Assim sendo, vesti as roupas com pressa e sem cuidado e escapei da sua mansão, meu lorde, para buscar ao ar livre algum alívio para o meu sistema nervoso, abalado pelo horrível encontro com uma visitante do outro mundo — pois é isso que acredito que ela fosse. Agora você ouviu a causa da minha descompostura e do desejo súbito de deixar o seu hospitaleiro castelo. Espero que nos encontremos com frequência em outros lugares; mas que Deus me proteja de ter de passar uma segunda noite sob aquele teto!".

Por mais estranho que o relato do general fosse, ele falou com tamanha convicção que cortou pela raiz os comentários que costumam surgir diante de histórias assim. Lorde Woodville não lhe perguntou, nem uma única vez, se tinha certeza de não haver sonhado com aquela aparição, nem sugeriu alguma das possibilidades com as quais é costume explicar as aparições sobrenaturais, como caprichos da imaginação ou ilusões dos nervos óticos. Pelo contrário, mostrou-se profundamente impressionado com a veracidade e realidade do que ouvira; e, depois de uma pausa considerável, lastimou, com grande sinceridade, ao que parecia, que o seu amigo de infância tivesse sofrido tanto em sua casa.

— Sinto demais pelo tormento por que você passou, meu caro Browne. — E continuou: — Ainda mais porque esse infortúnio, embora inesperado, foi resultante de uma experiência minha. Você deve saber que na época do meu pai e do meu avô, pelo menos, o quarto que lhe dei esteve trancado devido a rumores de que era afetado por ruídos e visões sobrenaturais. Quando tomei posse do castelo, há poucas semanas, pensei que as acomodações que ele oferecia para os meus amigos não eram numerosas o bastante para permitir que os habitantes do mundo invisível mantivessem a posse de um dormitório tão confortável. Então fiz que o Quarto das Tapeçarias, que é como o chamamos, fosse aberto e que, sem acabar com o seu aspecto antigo, novas peças de mobília fossem colocadas nele, adequando-o aos tempos modernos. Porém, como a ideia de que o quarto era mal-assombrado imperava entre os criados, e também era conhecida na região e por muitos dos meus amigos, tive medo de que algum preconceito pudesse afetar o primeiro ocupante do Quarto das

Tapeçarias, o que acabaria renovando os rumores de malignidade que o cercam e frustrando a minha intenção de torná-lo uma parte aproveitável da casa. Sou forçado a confessar, meu caro Browne, que a sua chegada ontem, tão agradável para mim por outros mil motivos, me pareceu ser a melhor oportunidade de acabar com esses boatos desagradáveis ligados ao quarto, uma vez que a sua bravura é indubitável e a sua mente é desprovida de qualquer prevenção com o assunto. Assim sendo, eu não poderia escolher um sujeito melhor para a minha experiência.

— Serei eternamente grato ao meu lorde — disse o general Browne, com certa irritação —, extraordinariamente grato, por toda a minha vida. É bem provável que me recorde por bastante tempo das consequências do seu experimento, como você gosta de chamá-lo.

— Não, agora você está sendo injusto, meu caro amigo — disse Lorde Woodville. — Basta refletir por um instante para se convencer de que eu não poderia prever o tormento a que você por desgraça foi exposto. Ontem pela manhã eu era completamente cético em relação ao tema das aparições sobrenaturais. E tenho certeza de que, se eu lhe tivesse falado dos rumores sobre aquele quarto, eles mesmos o levariam a escolhê-lo, por vontade própria, como acomodação. Talvez eu tenha errado, mas isso não pode ser denominado como culpa; o meu azar foi você ter sido atormentado de uma forma tão estranha.

— Realmente muito estranha! — disse o general, recuperando o bom humor. — E reconheço que não tenho o direito de me ofender com meu lorde por me haver tratado de acordo com a forma como eu mesmo costumava enxergar-me: um homem de alguma firmeza e coragem. Mas vejo que os meus cavalos de aluguel chegaram, e não quero retê-lo, atrapalhando assim os seus divertimentos.

— Não, meu velho amigo — disse Lorde Woodville —; já que você não poderá ficar conosco mais um dia, e não tenho como insistir nisso, me dê ao menos mais meia hora. Você costumava adorar pinturas, e tenho uma galeria de retratos, incluindo alguns de van Dyck, representando antepassados a quem esta propriedade e este castelo pertenceram antigamente. Acho que vários deles vão impressioná-lo por seu valor.

O general Browne aceitou o convite, ainda que sem muito entusiasmo. Era claro que só respiraria livremente, à vontade, quando estivesse bem longe do castelo de Woodville. Porém, não podia recusar o convite do amigo; quanto mais porque estava um pouco envergonhado da irritação com que tratara o seu bem-intencionado anfitrião.

Assim sendo, o general seguiu Lorde Woodville por várias salas, até uma longa galeria coberta de quadros, que o amigo lhe foi apontando, dizendo os nomes e fazendo relatos sobre os personagens por cujos quadros passavam. O general não estava muito interessado nos detalhes que essas descrições lhe forneciam. Os quadros eram, na realidade, do tipo comum na galeria de uma família antiga. Lá estava um

Cavalier[1] que havia arruinado seu espólio servindo à causa real; lá estava uma linda dama que a havia restabelecido contraindo matrimônio com um puritano abastado. Lá estava exibido o homem galante que se colocara em perigo ao manter correspondência com a corte exilada em Saint Germain; e um que pegou em armas para defender William na revolução; e um terceiro que havia apoiado alternadamente os *whigs* e os *tories*.[2]

Enquanto Lorde Woodville enchia os ouvidos do seu hóspede com essas palavras, contra a sua vontade, chegaram ao meio da galeria. E então ele viu que o general parou de repente e assumiu uma atitude de perplexidade absoluta, mesclada ao medo, quando o seu olhar encontrou, e foi imediatamente retido pelo retrato de uma dama idosa vestindo um mantô, de acordo com a moda do final do século XVII.

— Lá está ela! — exclamou o militar. — É ela, na figura e nas feições, ainda que a sua expressão não seja tão demoníaca como a da bruxa maldita que me visitou na noite passada.

— Se assim é — disse o jovem nobre —, não podem mais restar dúvidas sobre a terrível veracidade da aparição. Esse é o retrato de uma infame antepassada minha; os seus crimes estão arquivados em uma listagem sombria e assustadora que guardo em minha escrivaninha, junto com a história de minha família.

---

[1] Cavalheiro partidário do Rei Carlos I da Inglaterra.
[2] Grupos políticos britânicos adversários, no século XVII.

Narrar todos eles seria horrível demais; basta dizer que incesto e um assassinato abominável foram praticados nesse quarto sinistro. Vou devolvê-lo ao isolamento que lhe reservaram os que me precederam, e souberam julgar melhor que eu; e ninguém, enquanto eu puder evitar, será exposto à repetição dos horrores sobrenaturais capazes de abalar uma coragem tão grande como a sua.

E, dessa maneira, os amigos que se haviam encontrado com tanta alegria se despediram com um estado de espírito muito distinto: Lorde Woodville para ordenar que o Quarto das Tapeçarias fosse desmontado e a sua porta, emparedada; e o general Browne para procurar em algum lugar menos bonito, e com um amigo menos nobre, o esquecimento da terrível noite que havia passado no castelo de Woodville.

© *Copyright* desta tradução: Editora Martin Claret Ltda., 2015.
Títulos originais: *The Damned Thing; The Old Nurse's Story; The Brown Hand; Dracula's Guest; A Madman's Manuscript; The Tapestried Chamber.*

Direção
MARTIN CLARET

Produção editorial
CAROLINA MARANI LIMA / MAYARA ZUCHELI

Direção de arte e capa
JOSÉ DUARTE T. DE CASTRO

Diagramação
GIOVANA GATTI LEONARDO

Ilustração de miolo
YURI CAMARGO CAMPOS

Tradução e notas
BÁRBARA GUIMARÃES

Revisão
LUCIMARA CARVALHO / WALDIR MORAES

Impressão e acabamento
PAULUS GRÁFICA

A ortografia deste livro segue o Novo Acordo Ortográfico da Língua Portuguesa.

Dados Internacionais de Catalogação na Publicação (CIP)
(Câmara Brasileira do Livro, SP, Brasil)

Contos de terror, tomo II / [traduzido por Bárbara Guimarães]. — São Paulo: Martin Claret, 2015. — (Coleção contos; 11)

Vários autores.

ISBN 978-85-440-0097-7

1. Contos de terror - Coletâneas 2. Literatura fantástica I. Série.

15-05490	CDD-808.838762

Índices para catálogo sistemático:

1. Contos: Coletâneas: Literatura fantástica   808.838762

EDITORA MARTIN CLARET LTDA.
Rua Alegrete, 62 — Bairro Sumaré — CEP: 01254-010 — São Paulo — SP
Tel.: (11) 3672-8144 — Fax: (11) 3673-7146
www.martinclaret.com.br
Impressão - 2015